KB261661

한국 현대시의 공간 인식

국립중앙도서관 출판시도서목록(CIP)

한국 현대시의 공간 인식 / 이세경 지음. ― 서울 : 청동거울,
2007
    p. ;   cm. ― (청동거울 문화점검 ; 44)
참고문헌과 색인수록
ISBN 978-89-5749-095-2 93810 : \14000
811.609-KDC4   895.7109-DDC21   CIP2007003346

청동거울 문화점검 **44**

한국 현대시의 공간 인식

2007년 10월 25일 1판 1쇄 인쇄 / 2007년 10월 31일 1판 1쇄 발행

지은이 이세경 / 펴낸이 임은주 / 펴낸곳 도서출판 청동거울 / 출판등록 1998년 5월 14일 제13-532호
주소 (137-070) 서울 서초구 서초동 1359-4 동영빌딩 / 전화 02)584-9886~7
팩스 02)584-9882 / 전자우편 cheong21@freechal.com

주간 조태림 / 편집 이선미 / 표지디자인 임명진 / 마케팅 김상석

값 14,000원

잘못된 책은 바꾸어 드립니다.
지은이와의 협의에 의해 인지를 붙이지 않습니다.
이 책의 내용을 재사용하려면 반드시 저작권자와
도서출판 청동거울의 허락을 받아야 합니다.
ⓒ 2007 이세경

Copyright ⓒ 2007 Lee, Sae Kyung
All right reserved.
First published in Korea in 2007 by CHEONGDONGKEOWOOL Publishing Co.
Printed in Korea.

ISBN 978-89-5749-095-2

청동거울 문화점검 **44**

한국 현대시의 공간 인식

이세경 지음

청동거울

머리말

  문학을 연구하는 일은 많은 시간과 노력을 필요로 하는 것이기도 하지만 그만큼 흥미롭고 의미 깊은 일이기도 하다. 문학 작품 하나하나를 통합적, 유기적으로 살펴봄으로써 작품 속에 구현된 작가의 의식뿐만 아니라 세계관을 알 수 있으며, 특히 문학 작품에 나타나는 공간에 대한 분석은 작가의 내면 세계를 알아보는 하나의 방법이 될 수 있다.

  문학 공간에 대한 연구는 공간에 대한 개념 설정에서부터 범위, 분류에 이르기까지 광범위하고도 어려운 작업이다. 그러나 작가는 작품 속에 창조된 공간을 통해 자신의 정서와 의식을 드러낸다고 했을 때 공간에 대한 인식은 작가의 세계관과 밀접한 관계를 가지며 이는 또한 공간을 분석, 연구하는 중요한 의의라 할 수 있다.

  따라서 본 연구는 한국 현대시의 공간 유형 분석을 통해 작품에 드러나는 공간의 의미를 밝혀냄으로써 그 공간에 내재한 자아의 의식 세계를 규명하고자 하였다.

  우선 구체적으로 작품을 분석하기에 앞서 제2장에서는 기본적

인 공간의 이론과 공간과 자아 인식과의 관계를 고찰하였고 현대 시에 나타나는 공간의 유형을 자연 공간, 사회적 현실 공간, 가상 공간과 독자 공간으로 분류하였다.

이를 토대로 본론에서는 근원적 존재 탐구로서의 자연 공간, 회귀와 일탈로서의 사회적 현실 공간, 자아 해체와 소통으로서의 가상 공간으로 그 공간 유형을 나누어 자아와 공간과의 관계를 살펴보았다.

제3장에서는 한국 현대시에 나타나는 공간 인식을 구체적 작품 분석을 통해 살펴보고자 하였다. 자연 공간으로서 설악산과 목포 앞바다를 중심으로 이성선과 노향림의 시를 고찰하였다. 실재적 지명을 가진 자연적 공간은 단순히 작품의 배경이나 장소로서가 아니라 구체적 체험이 담긴 공간으로써 시인의 정서나 의식 형성의 근원이 된다. 따라서 설악산은 이성선의 시세계를 밝혀 줄 중요한 장소이자 문학적 공간이다. 즉 이성선의 시에 있어서 산은 고요와 정적 속에 자신의 존재를 드러내고 성찰할 수 있는 공간이며 절제와 극기의 성찰 끝에 도달하고자 하는 초월의 세계다. 욕

망과 욕심을 버리고자 했던 무욕의 장소이자 우주와의 조화와 화
해를 통해 우주적 자아를 발견할 수 있었던 공간이었다. 또한 바
다 가까이에서 나고 자란 노향림에게 있어 바다와 섬의 의미는 남
다르다. 이는 노향림에게 있어 정서의 가장 밑바탕이 됨과 아울러
내면의 정경을 묘사해내는 그의 시세계에 있어서 근원이 되기 때
문이다. 곧 황량한 바닷가와 외로운 섬 압해도의 기억 속에서 자
신의 고독을 반영하는 내면의 풍경을 드러낸다. 즉 노향림의 기억
속에 존재하는 고향 앞바다와 압해도는 유년의 적막함과 아울러
죽음의 소식이 감도는 불길하고 쓸쓸한 공간이었다. 그러나 죽음
을 인식하는 고독의 공간은 절망에 머무르지 않고 시원을 향한 그
리움의 공간으로 표출된다.

다음으로는 자아의 일탈과 회귀의 사회적 현실 공간으로서 문태
준과 기형도의 시를 중심으로 그 의미를 알아보았다. 인간에 있어
서의 사회적 인식은 시대와의 관계에서 보다 면밀히 구체화되는
것도 사실이나 가장 근원적이고 원초적인 일차적 집단으로서의
가족과 관련된 사회적 공간이야말로 시적 자아의 의식세계를 밝

히는 근원이 된다. 문태준에 있어 기억은 과거의 공간과의 단절이 아니라 현재와 지속되어진 공간으로 끊임없이 자신을 낮추고 삶을 응시하게 한다. 어두워질 무렵 여러 사물들과 서로 교류되는 동시에 사람이나 사물이 공존하는 세계, 하나가 되는 세계를 바라보는 근원적 인식의 밑바탕을 이루는 공간으로 기억의 공간이 존재한다. 기형도의 작품 속에 나타나는 길은 시인의 어두운 내면의식을 상징적으로 드러내 준다. 기형도에게 있어 길은 유년의 상처와 고통을 간직한 자아의 상실의 공간이자 길거리에서 중얼거릴 수밖에 없는 어두운 단절의 공간이다. 따라서 길이라는 공간은 자아와 세계의 화해 지향이 불가능한 닫힌 공간이자 개별화되고 고립된 곳이다. 절망적이고 비극적인 현실 앞에서 인간은 가장 근원적인 세계로의 회귀를 꿈꾸게 마련이다. 그러나 기형도의 기억 속의 과거로의 회귀는 시적 자아를 더욱 절망에 빠트릴 뿐이다. 기억 속의 유년으로의 회귀 역시 불가능함을 깨달음으로써 어디로든 결코 도달할 수 없는 한계에 절망한다

마지막으로 가상 공간 속에 드러나는 자아의 해체와 소통의 문

제를 이원의 시와 하이퍼텍스트를 활용한 참여와 실험으로서의
독자 공간을 통해 그 의미를 파악하고자 하였다. 1990년대 이후
급속이 사회적 현상이 된 디지털 매체의 보급은 문학에 있어서도
가상 공간과 현실의 문제를 문학에 드러내게 한다. 이원의 시에
등장하는 인간은 가상의 공간 안에서 배회한다. 전자사막으로 비
유되는 가상 공간은 지금까지의 선형적인 시간이나 고정된 공간
의 개념을 벗어나는 디지털 세계의 특성을 나타낸다. 또한 새로운
디지털 시대에 있어서 존재에 대한 물음을 이원은 해체된 몸을 통
해 나타낸다. 이원이 바라본 세계는 부정적이고 비판적이다. 그
비판적 의식은 기존의 세계와는 다른 디지털화된 시대에 인간의
주체성에 대한 우려를 내포한다. 하이퍼텍스트 문학 읽기는 다양
한 방법과 해석이 가능한 새로운 읽기 방식이다. 이는 전통저인
권위를 누려 왔던 활자매체의 위기와도 무관하지 않으며 활자매
체가 가지고 있던 종전의 특성들에서 '새로운 읽기'에 눈을 돌리
지 않을 수 없는 시점에 다다랐음을 의미한다. 새로운 읽기 방식
은 하이퍼텍스트의 특징이라 할 수 있는 비선형성, 다매체성, 상

호작용의 특성이 문학에 그대로 적용되며, 특히 비선형적이란 점에서 지금까지 익숙해 왔던 읽기의 방식이나 독자의 개념을 혁신시킨다. 하이퍼텍스트 문학에서 독자의 역할과 참여는 매우 중요한 구실을 한다. 즉 사이버 공간에서는 기존 방식의 독자 공간에서 탈피되어 새로운 참여와 실험의 공간을 제공한다. 이러한 하이퍼텍스트 문학은 문학교육 텍스트화의 활용으로도 가능하다. 사이버 스페이스라는 공간은 사이버 시대의 시의 창조에 있어서 그 다양한 만큼이나 표절과 같은 문제를 내포한다.

본고의 연구 목적은 문학 공간의 유형 분석을 통해 한국 현대시에 나타나는 공간 인식을 살펴보는 것이다. 즉 이상에서 살펴보았듯이 작품 속에 나타나는 공간의 의미를 분석함으로써 공간과 자아와의 관계 규명을 통해 공간에 대한 자아의 의식세계를 밝혀보는 데 이 연구의 의미를 두고자 하였다.

어떠한 일이든 시간 속에 파묻히다 보면 시작과 끝이 보이지 않을 때가 종종 있었던 듯싶다. 이 연구의 시작도 사실은 끝이 어디인지 모르겠다. 자료를 찾아보았던 그때가 시작이었는지 아니면

마지막 문장이 이 연구의 끝이었는지 점점 더 알 수 없다. 지금 서 있는 이 가을의 언저리가 다시 삶의 새로운 시작이 될 수 있을른지도 알 수 없다. 알 수 없는 시간과 순간 순간을 수없이 건너 온 듯싶다. 그러나 그 순간 순간에는 지울 수 없는 얼굴과 이름 또한 너무도 많다. 10년이란 짧지 않은 세월 동안 한결같이 문학을 지도해 주신 김수복 교수님께 말로 다 할 수 없이 감사드린다. 뒤늦은 학문의 길에서 만날 수 있었던 송하섭 교수님, 박덕규 교수님, 강상대 교수님, 양은창 교수님, 우정권 교수님께도 감사드린다.

평온한 저녁 햇살을 바라볼 때마다 등 뒤에 퍼져 오는 노을의 온기 같은 따뜻한 격려로 지켜봐 주시던 양가 아버님, 어머님께도 감사함을 전하며 이 책을 만들어 주신 조태봉 선생님과 그동안 힘든 시간, 기쁜 시간을 함께한 모든 분든께도 이 가을이 가기 전에 차 한 잔 대접하고 싶다. 작은 일에서 큰 일까지 생각과 마음을 함께 나누고 언제나 든든한 울타리였던 이훈종 님의 고마움 또한 잊지 않을 것이다. 그리고 대견하고 귀여운 나의 아이들 이광민, 이유민 사랑한다.

점점 차가운 바람 속에서 가을나무는 하나둘씩 세상 속으로 나
뭇잎을 내려놓는다. 아마도 봄이 오면 더욱 싱그럽고 환한 잎을
피어 올릴 수 있으리라는 믿음이, 아쉽지만 가벼운 이별을 하게
하지 않았을까. 시작과 끝도 모를 긴 길에서 이 책 역시 가벼운 이
별이라 믿고 싶다.

2007년 가을
이세경 씀

공간의 개념과 연구사

제1장

공간의 개념과 연구사

1. 연구 목적

본 연구는 한국 현대시에 나타나는 공간 인식을 살펴보는데 그 목적이 있다. 문학에 있어서 공간에 대한 의미 규정부터가 쉬운 일은 아니나 공간은 시간과 아울러 외부 세계를 이해하는 중요한 요소 중의 하나로 인지되어 왔다. 그러나 문학과 공간의 관련성은 문학과 시간의 관계만큼 논의되지 못하였다. 따라서 공간에 대한 연구는 그리 많은 편이 아니다.

공간에 대한 자각과 인식은 시적 상상력의 바탕을 형성한다는 점에서 시세계를 이해하는 기본적이고 필수적인 작업이다. 문학 작품에서 공간의 연구는 그 문학적 상상력의 전개와 내면의식을 살피려는 데서 비롯된다고 할 수 있다. 또한 작품 속의 공간은 현실 세계와 유기적인 관련을 맺으며 공간에 대한 의식 속에는 주체의 내면의식과 사유가 드러나며, 공간은 상징적인 내포를 지니게 된다. 따라서 공간에 대한 탐구는 시인의 창작 의식을 규명하는 하나의 방법이며 작가의 내면을 알아보는 하나의 지표가 된다.

공간에 대한 논의는 철학적, 과학적, 문학적 측면에서 제기되어 왔다. 다양한 논의만큼이나 그에 대한 개념 규정도 시대나 학자에 따라 다르게 인식되었으며 이러한 공간론은 문학 작품의 분석에도 유효하게 적용된다.

본고에서는 한국 현대시의 공간 유형을 분류하여 작품에 드러나는 공간을 분석함으로써 이와 관련하여 시인의 의식과 지향을 나타내는 공간에 대한 인식의 의미를 규명하고자 한다. 이를 위해 한국 현대시에 나타난 공간 인식을 근원적 존재 탐구로서의 자연 공간, 회귀와 일탈로서의 사회적 현실 공간, 자아 해체와 소통으로써의 가상 공간으로 그 공간 유형을 구분하여 자아와 공간과의 관계를 살펴보고자 한다.

이성선과 노향림에게 있어서 산과 바다는 그의 시세계를 밝히는 중요한 시적 공간이다. 단순히 작품의 배경이나 장소로서의 기능만이 아니라 실재적 지명을 가진 자연 공간으로서 시를 해명하는 중요한 역할을 한다. 즉 구체적 체험이 담긴 실재적 공간은 시인의 정서나 의식 형성의 근원이 되기 때문이다. 물론 실재 지명을 가진 지리적 배경만이 문학 작품의 중요한 공간을 형성하는 것은 아니다. 문학이 가지는 상상력의 공간은 상징적 기표를 통해 작가 의식을 구현한다. 즉 작가의 상상력을 통한 상징은 작가의 세계관이나 가치관을 표출한다. 이런 면에서 문태준의 집과 관련된 고향 의식, 기형도의 길의 의미는 기억 속에 존재하는 유년에 대한 추억과 함께 삶의 근원으로서의 공간에 대한 회귀와 일탈의 시적 공간으로써 작품을 이해하는 중요한 요소이다. 또한 문학은 시대와의 관계에서 분리될 수 없는 밀접함을 지닌다. 도상 공간으로 표현되던 인쇄 공간의 변화는 상당한 의미를 갖는다. 1990년대 이후 급속이 사회적 현상이 된 디지털 매체의 보급은 문학에 있어서도 가상 공간과 현실의 문제를 문학에 드러내게 한다. 전자 사막으로 표현되는 이원의 시세계는 이러한 가상 현실에서의 존재의 정체성에 대해 생각하게 하며 컴퓨터라는 새로운 매체는 작가와 독자의 경계를 유연하게 하여 고유의 작가 영역에 참여하는 실험적 공간을 제공하기에 이른다.

자아 발견과 자기 실현의 구현이 문학의 목적 중의 하나라면 구체적 표현 방식이나 기법의 다양함도 결국은 자신의 시세계를 상징하기 위한 하나의 코드이며 작가 의식의 표출이다. 작품을 이해하고 작가의 세계를 들여다본다는 것은 결국 그 방법의 선택과 제시에 따라 접근 방식이 달라질 수는 있지만 궁극적으로 작가의 정신 세계가 어떻게 작품에 표현되었는가 하는 작가의 내면 의식을 밝혀내는 일이다. 따라서 본고에서는 작품에 내재한 공간 인식을 통해 작가의 의식 세계을 규명해 보고자 한다.

2. 선행 연구 검토

한국 현대시의 연구에 있어서 공간에 대한 연구는 다른 연구에
비해 많이 연구되어진 것은 아니다. 주로 근현대 시인들의 시작품
을 대상으로 공간에 나타난 작가의 내면 의식이나 세계관의 규명
에 대한 연구가 이루어진 편이다.

즉 공간에 대한 논의는 주로 시 작품이나 시인론에 대한 연구를
통해 이루어지고 있다.

송욱[1]은 「동서 시에 나타난 내면 구조」란 논문을 통해 바슐라르
의 공간시론을 원용하여 라옹·황진이의 시를 대비하여 분석하고
있다. 즉 고시조에 나타난 꽃 속의 방에서 출발하여 릴케의 장미가
지닌 내면 공간, 라옹, 정암에 나타난 육체와 공간, 황진이의 빛이
떠 있는 푸른 하늘을 내면 공간으로 발판삼아 분석하고 있다.

엄경희[2]는 서정주 시의 공간성에 대해 논의하면서 시라는 작품
으로 표현되는 특정한 작가 공간은 매우 다양한 형태로 나타나게
되는데 그 작가의 일부 시를 대상으로 하는 공간 분석, 다른 시인
들과의 비교를 통한 공간 분석, 전체적 변모 과정에 대한 공간 분
석 등이 그것이라는 것이다.

김종태[3]는 정지용의 초기시, 중기시, 후기시의 공간을 '원형저
공간', '근대적 공간', '제의적 공간'으로 명명하여 정지용 시의 총

---

1) 송욱, 『문학평전』, 일조각, 1969.
2) 엄경희, 「서정주 시의 자아와 공간, 시간연구」, 이화여자대학교 대학원 박사학위논문,
   1999.
3) 김종태, 『정지용 시의 공간과 죽음』, 월인, 2002.

체적 의미를 규명하고자 하였다.

염창권[4]은 공간 표상의 상징적 의미로서의 '길'과 '집'을 중심으로 현대시의 공간 구조를 분석하고 있다. 서성임과 기다림의 공간으로 김소월과 한용운의 시를, 굴절된 보행과 칩거의 공간으로 이상화와 이상의 시를, 탐색과 자기 성찰의 공간으로 이육사와 윤동주의 시를 고찰함과 아울러 일제 강점기 시에서의 공간의 의미, 그리고 공간 구조와 교육적 적용 방안으로의 시교육과 김소월의 길을 교육적 적용의 실제로 그 예를 들어 논의하고 있다.

한명희[5]는 김종삼 시의 공간을 집·학교·병원으로 구분하여 죽음에 대한 지향 공간으로서의 집과 병원에 모이는 사람들에 대해 성자적 자세를 보여주는 공간으로 병원을, 평화에 대한 희구로서의 학교를 통해 김종삼의 시세계를 밝히고 있다.

이상호[6]는 이상화와 윤동주의 시를 분석하는 데 있어 자아 현실의 과정과 의식 구조의 대비를 통해 공간 인식과 자아의 문제를 천상 공간, 생활 공간, 자연 공간으로 나누어 살펴보고 있으며 자아 인식의 문제에 있어서는 존재 인식의 세 유형을 전제하고 그에 따라 비극적 자아, 전신인식, 이상적 자아의 관점에서 변화되는 자의식의 핵심을 밝히고 있다.

최동호[7]는 만해시의 시적 공간을 김현자[8]는 만해의 수직 공간과

---

4) 염창권, 「한국현대시의 공간구조와 교육적 적용방안 연구」, 한국교원대학교 대학원 박사학위논문, 1993.
5) 한명희, 「김종삼 시의 공간 – 집 · 학교 · 병원에 대하여」, 『한국시학연구』, 2002.
6) 이상호, 『한국현대시의 의식분석연구』, 국학자료원, 1990.
7) 최동호, 『한국시의 정신사』, 열음사, 1985.

소월의 수평 공간을 구조적으로 분석하고 있다. 또한 김은자[9]는 한국시에 나타난 공간 구조를 김소월·이상·서정주 등의 시를 중심으로 살펴보고 있다.

정덕자[10]는 이상의 공간 의식을 닫혀진 공간과 열려진 공간으로 양분하였다. 즉 이상의 공간 의식은 때로는 닫혀진 공간에서 열려진 공간으로의 확산을 꾀하기도 하지만, 상당히 많은 경우 그 반대로 열려진 공간에서 닫혀진 공간으로의 자폐 내지는 축소지향성을 강하게 보여준다는 것이다.

또한 시의 원리로서의 공간에 대한 공간론 연구는 공간에 대한 분류와 함께 연구되고 있다.

박태일[11]은 도상 공간과 기술 공간 그리고 주제 공간으로 나누어 시의 텍스트 공간을 살피고 있다.

박혜영[12]은 문학 공간을 문학 작품 속에 묘사된 지리적 공간, 텍스트 공간, 작가가 글쓰기에 몸을 맡기는 공간으로 나누고 있다.

한원균[13]은 문학 공간에 대한 연구는 세 가지 층위에서 고려되어야 한다며 텍스트의 공간으로서의 문학 공간, 작가의 글쓰기에

---

8) 김현자, 『시와 상상력의 구조』, 문학과 지성사, 1982.
9) 김은자, 『현대시의 공간과 구조』, 문학비평사, 1988.
10) 성낙사, 「이상 문학 연구 – 시간, 공간 및 물질의식을 중심으로」, 이화여자대학교 대학원 석사학위논문, 1982.
11) 박태일, 「1990년대 한국시의 공간과 그 전망」, 김수복 편저, 『한국문학공간과 문화콘텐츠』, 청동거울, 2005.
12) 박혜영, 「문학과 공간: 이론적 접근 I」, 『덕성여대논문집』 제25집, 덕성여자대학교, 1996.
13) 한원균, 「문학과 공간: 그 이론적 모색」, 김수복 편저, 『한국문학공간과 문화콘텐츠』, 청동거울, 2005.

투여된 경험 공간 및 문학 작품이 생산되거나 작품 내에 그려진 지리적 공간으로 분류하고 있다.

고명수[14]는 거시적인 입장의 연구와 미식적인 입장의 연구로 분류한 후 미시적인 입장에서 구체적인 공간 체험에 대한 연구를 수행하였다. 미시적인 관점에서 시대의 일상 깊은 곳으로 파고들어가 생활의 현장에서 구체적으로 느끼게 되는 것들, 이를테면 그가 어떤 거리에서 살며 무엇을 먹고 마시는가, 어디에서 쉬는가, 무엇을 보고 즐기는가 등과 같은 구체적인 공간 체험의 과정을 살펴보고 있다. 식민지 시대에 관한 연구들이 대체로 왜곡된 착취 구조라든가 계급 등과 같은 정치적 관점에서 이루어져 많은 부분들이 방치되어 왔기 때문에 거시적인 입장에서 접근해온 기존의 관점을 반성하고, 한 시대의 공간을 점유하고 소비했던 주체들의 구체적인 삶의 의식 지향성을 밝히고 있다.

강치영[15]은 제주문학 속에 나타난 대표적인 공간을 5가지로 분류하고 있다. 자연 공간, 역사 공간, 예술 공간, 생활 공간 및 미래 공간으로 나누고 있다. 오승희[16]는 시적 공간에 관한 분석틀을 이용하여 현대시조의 공간 연구를 수행하고 있다. 현대시조를 해방 전의 시적 공간과 해방 후의 시적 공간으로 나누고 있는데 해방 이전의 문학적 공간은 닫힌 공간으로서, 빛을 상실한 어둠의 공간

---

14) 고명수, 「한국 모더니즘 문학의 공간 체험 – 정지용과 김기림의 경우」, 『동국어문학』 제6집, 동국어문학회, 1994.
15) 강치영, 「제주문학 속에 나타난 장소와 공간 연구」, 제주대학교 대학원 석사학위논문, 2002.
16) 오승희, 「현대시조의 공간연구」, 동아대학교 대학원 박사학위논문, 1991.

아니면 현실을 외면한 도피의 공간이 주종을 이루는 것과는 달리 해방 이후의 시적 공간은 닫힌 공간에서 열린 공간으로 변모되어 시적 공간이 현저히 확산되었다고 한다.

신상성과 유한근은[17] 『한국문학의 공간 구조』에서 시와 소설의 공간 구조를 통해 한국문학을 조명하고 있고, 김영수[18]는 「한국시의 공간론」에서 한국시를 통사적으로 조감, 공간론으로 정리해 주고 있다. 또한 홍성암[19]은 공간의 이항적인 분류를 예를 들어 설명하고 있다.

그 외에도[20] 시의 공간 논의는 지속적으로 연구되고 있다.

---

17) 신상성 · 유한근 공저, 『한국문학의 공간구조』, 형설출판사, 1986.
18) 김영수, 「한국시의 공간론」, 『시문학』, 1987, 3~10호.
19) 공간에 대한 분류는 소설의 공간 분석에서도 그 연구가 다양하게 이루어지고 있다
　　작가의 의식에 따라 공간을 분류할 때 가장 중심되는 의식이 이항적 의미대립의 원리라며 이러한 기준에 따라 축소지향의 공간과 확대지향의 공간, 수직공간과 수평공간, 생리적 공간(물리적 공간)과 인식에 의한 공간(심리적 공간), 절대공간과 상대공간, 서사공간과 서술공간, 작가공간과 독자공간 등 매우 다양하게 분류할 수 있다는 것이다. 홍성암, 「소설의 공간설정과 작가 의식」, 『현대소설연구』 제5집, 한국현대소설학회, 1996. p.53 이하.
　　또한 '서사적 공간은 실재 공간/작가의 표현(작가공간)/독자의 해석(독자공간)' 삼차원의 조합으로써 입체적으로 구성된다는 것이다. 장일구, 「서사적 공간론의 이론과 실제」, 『서강어문』 13집, 서강어문학회, 1997.12, p.204.
20) 시의 공간에 대한 주요 연구는 다음과 같다.
　　김선학, 「한국현대시의 시적 공간에 관한 연구」, 동국대학교 대학원 박사학위논문, 1989.
　　박진환, 「한국시의 공간구조 연구 1920년대와 1930년대 시를 중심으로」, 중앙대학교 대학원 박사학위 논문, 1989.
　　엄경희, 「박목월시의 공간 의식 연구 – 길 이미지를 중심으로」, 이화여자대학교 대학원 석사학위논문, 1989.
　　유지현, 「서정주 시의 공간 상상력 연구 – 화사집에서 질마재 신화까지」, 고려대학교 대학원 박사학위논문, 1997.
　　이어령, 「문학공간의 기호론적 연구」, 단국대학교 대학원 박사학위논문, 1986.
　　한광구, 『목월시의 시간과 공간』, 시와시학사, 1991.

3. 연구의 범위 및 방법

인간은 존재하는 모든 현상들을 시간과 공간이라는 두 축에 의해 파악한다고 해도 과언이 아닐 정도로 인간이 사물이나 현상을 규정하고 인지하며 이를 언어화할 때 시간성과 공간성은 매우 중요한 역할을 한다.[21] 그러나 문학 연구에 있어서 시간성에 대한 연구에 비해 공간성에 대한 연구는 그리 활발하게 진행되지 못했다. 문학 작품에 나타나는 공간을 분석하는 일은 문학에 구현된 작가의 의식 세계뿐만 아니라 세계관을 알아볼 수 있는 하나의 지표이다. 특히 시에 나타나는 시적 자아와 공간과의 관계는 결국 공간을 어떻게 인식했는가 하는 인식의 의미가 작가의 창작 의도이자 시적 세계관과 밀접한 관련이 있음을 뜻한다. 이는 그만큼 공간에 대한 의미가 작품에 표출되었을 때 중요한 의미를 차지함을 말한다. 그러므로 본고에서는 문학 작품 분석을 통해 작품 속의 공간의 의미와 자아와의 관계를 통해 그 의식 세계를 밝히고자 한다.

제2장에서는 기본적인 공간의 이론과 공간과 자아 인식과의 관계를 살펴보고 현대시에 나타나는 공간의 유형을 분류하고자 한다. 플라톤에서부터 비롯된 공간의 개념은 칸트, 바슐라르를 거쳐 철학적, 과학적, 문학적으로 학자와 시대에 따라 다양하게 제시되는데 이러한 공간에 대한 이론을 살펴보고자 한다. 또한 문학 작품이 결국 작가의 자아와 세계와의 관계 속에서 구현된 개인적 경

---

21) 신은경, 「국어 시·공간 표현의 통시적 연구 – 간극개념어(間隙槪念語)를 중심으로」, 『어문논집』 제45집, 민족어문학회, 2002, p.6.

험의 의식적 재구성이라 한다면 그 작품에는 시적 자아를 통한 작가의 정신 세계가 투영되어 나타날 것이다. 따라서 공간과 관련된 자아 인식의 문제를 고찰하고 시 작품의 분석에 앞서 공간의 유형을 지리적 자연 공간, 사회적 현실 공간, 가상 공간과 독자 공간으로 분류하고자 한다. 물론 공간을 통해 표현되는 문학 작품의 양상은 매우 다양하겠으나 본 연구에서는 자아의 의식 세계에 그 초점을 맞추어 그 유형을 분류하여 시 공간에 나타난 공간 인식을 살펴보고자 한다.

제3장에서는 한국 현대시에 나타난 공간 인식을 근원적 존재 탐구로서의 자연 공간, 회귀와 일탈로서의 사회적 현실 공간, 자아 해체와 소통으로서의 가상 공간으로 분류하여 이성선, 노향림, 문태준, 기형도, 이원의 시를 중심으로 분석하고 참여적 실험으로서의 공간으로 하이퍼텍스트 문학과 하이퍼텍스트의 문학의 교육적 활용의 의미와 사이버 시의 표절에 문제에 관해 살펴보고자 한다. 즉 근원적 존재 탐구로서의 자연 공간으로는 이성선과 노향림의 시를 산과 바다를 중심으로 고찰하겠는데 여기서 자연 공간이라 함은 실재 장소로서의 자연 공간을 뜻한다. 설악산에 나타난 산의 공간 의식으로는 이성선의 시를, 압해도와 목포 고향 앞바다를 중심으로는 노향림의 시를 분석하고자 한다. 특히 70년대 작품 활동을 시작한 이성선은 삶과 문학을 분리할 수 없는 구도적 시 쓰기를 해왔다는 점에서 노향림은 시의 근원을 목포 고향 앞바다에 두고 작품 세계를 펼쳐 보였다는 점을 바탕으로 실재적 공간에 나타나는 시적 공간의 의미를 알아보고자 한다. 또한 가장 일차적 사

회 집단이라 할 수 있는 집과 자아의 일탈과 회귀의 매개적 위치를 차지라는 길을 통해 문태준과 기형도의 시를 중심으로 사회적 현실 공간의 의미를 규명하고자 한다. 문학은 경험의 소산이며 기억 속에 존재하는 유년, 혹은 추억은 과거에 머물러 있는 것만이 아니라 현존의 삶에도 많은 영향을 미친다. 그것은 현재의 정서를 지배함은 물론이거니와 시적 자아의 내면 세계를 드러내는 하나의 중요한 요소이기 때문이다. 따라서 세계 인식에 대한 긍정적 시선의 문태준의 시와 비극적 인식으로서의 기형도의 시를 분석하고자 한다. 다음으로는 가상 공간과 참여와 실험으로서의 독자 공간 속에 드러나는 자아의 해체와 소통의 문제를 이원의 시와 독자 공간을 통해 그 의미를 파악하고자 한다. 컴퓨터라는 새로운 매체의 등장은 가상 공간이라는 새로운 자연 환경에 직면하여 전자 사막이라는 가상 현실 안을 떠도는 존재에 대한 문제를 제기한다. 또한 칩이 내장된 새로운 육체의 조합은 단순한 몸의 해체가 아니라 실존적 자아에 대한 근원적 질문을 내포한다. 현대시에 나타나는 가상 공간에 대한 폭넓은 작품의 분석도 필요하겠으나 탈영토화된 가상 현실의 문제를 일관되게 보여준 이원의 시를 통해 가상 공간의 시적 특징을 살펴보고자 한다. 그러나 새로운 환경은 독자가 저자가 될 수 있는 참여의 공간이자 문학의 다양한 실험적 공간을 제공한다. 독자 공간은 그 특징상 소통의 공간이자 활발한 참여의 공간임을 고려하여 새로운 읽기 방식으로서의 하이퍼텍스트 문학과 문학교육으로서의 활용으로써의 문학교육 텍스트의 가능성과, 사이버 시의 표절에 관한 문제를 다루고자 한다.

현대시의 공간 이론과 유형

제2장

현대시의 공간 이론과 유형

1. 공간 이론과 자아 인식

1) 공간 이론

시학에서의 공간론은 플라톤의 이데아론에서 발견할 수 있다. 플라톤에 있어서의 이데아는 일종의 이념의 공간이다. 이념은 현상학적 가시성 세계가 아닌 관념적 이상의 세계로서 인간의 상상력이 설정한 공간이다. '플라톤의 이데아와 세계는 아리스토텔레스에 오면 모방의 공간이라는 자연으로 대체된다. 플라톤이 감각적 사물과 그 원형으로서의 이데아 공간으로 구별한 것에 비해 아리스토텔레스는 사물간의 관계라는 것으로 공간을 설명하고자 한 것이다.'[1]

이러한 공간의 대한 논의는 칸트에 이르러 보다 본격적으로 제기된다. 칸트는 객관적이고 경험적인 실체로 공간을 파악하지 않고 관념적이고 선험적인 그의 철학을 근거로 공간론을 제시한다.

칸트에 의하면 인간은 두 개의 인식기능을 가지고 있으며, 하나는 '감성'(Sinnlikcheit)이라고 하고, 다른 하나는 '오성'(Verstand)이라는 것이다. 감성은 대상을 받아들이는 것, 다시 말하면 감성에 의하여 사물은 대상화되어지며 오성은 감성에 의해 표상화된 대상, 즉 대상을 다시 사유한다는 것이다.[2] 또한 '칸트의 공간 이론'[3]은 대상이 가지는 본래의 공간은 사람의 의식과 인식에 의해 공간이 표출되는 것이 아니라 표상되는 공간은 대상의 공간 없이도 선험적으로 존재할 수 있다는 것이다.

시 창작 과정의 대체적인 경우는, 지각(시각, 청각, 후각, 감각 등)에 의한 외적 경험에서 직관된 상이 언어를 통해서 사유의 과정을 거쳐 표출한다. 그러니까 대상이 선이고 표출이 후가 된다. 이 말은 대상이 가지는 공간이 있음으로 해서 사람의 의식에 그 대상의 공간을 표출케 하는 공간이 생기게 된다는 말이다. 그러나 칸트에 의하면, 마음이 사물의 공간을 인식하게 되는 인식 논리와 유사하

---

1) 홍문표, 『현대시학』, 양문가, 1087, p.202.
2) 김용정, 『칸트철학 연구』, 유림사, 1978, p.13.
3) 칸트는 공간은 외적 경험으로부터 추상된 경험적 개념이 아니며, 모든 직관의 근저에 놓여 있는 필연적 선험적 표상이며, 일반 사물의 관계의 논변적, 혹은 일반적 개념이 아니고 순수직관이며 무한히 주어진 양으로서 표상되어진다고 설명하고 있다. 즉 공간이 후천적으로 경험으로부터의 경험적 개념이 아니고 외계물이 감각으로서 표상되어지기 위해서는 경험에 앞서 선험적으로 미리 공간의 표상이 구비되어 있다는 것을 해명하고 있다. 위의 책, pp.17~21, 참조.

다.[4] 결국 칸트의 공간이론은 외적 공간인 직관이 사물 그 자체의 성격이라기보다는 선험적 직관인 것이다.

칸트의 형이상적 공간 개념을 경험적 인식론으로 대체시킨 것이 바슐라르다. 그는 '인간의 내면엔 존재생성의 힘이 있는데 이를 상상력이라 규정하면서 이 상상력은 이미 인간이 경험하고 있는 불·물·공기·대지와 같은 물질에서 비롯한다'[5]고 봄으로써 칸트의 선험론을 경험론으로 대체하고 있다.

또한 칸트의 선험적·관념적 인식 태도와는 달리 현상학자인 N. 하르트만[6]에 의하면 공간 논의와 해명은 보다 구체적이고 다양하게 제시된다.

베이컨은 기존의 자연에 대립되는 또 하나의 자연을 창조하는 원초적인 힘으로서의 상상력을 제시함으로써 시에 있어서의 공간 개념을 설정하고자 하였다. 한편 공간에 대한 문제는 철학자나 과

---

4) 칸트의 공간개념 해명에서 또 하나 주목해야 할 것은 '공간이 없는 표상은 존재할 수 없다는 것이다' 며 표상은 공간에 의해서만 가능해지며 시가 언어로 표현될 때 그것은 언어가 가지는 공간 때문에 표상되어지는 것이고, 이미지로 표현될 때는 이미지가 가지는 공간 때문에 그 표현이 가능해진다는 것이다. 신상성·유한근 공저, 『한국문학의 공간구조』, 형설출판사, 1986, p.13, 재인용.
5) 곽광수, 『바슐라르 연구』, 민음사, 1976, pp.30~35, 참조.
6) "하르트만은 칸트의 선험적 관념론을 현상학적 인식론으로 대체하면서 공간원리를 실재공간·직관공간·기하학적 이념공간으로 구체화한다. 실재공간은 시각에 의해 포착되는 가시적 현상의 자연공간이고 직관공간은 실재공간을 직시하는 의식공간, 그리고 이념공간은 연장적 양의 순수한 차원체계로 풀이한다. 즉 하르트만은 '공간' 을 '실재공간', '직관공간', '기하학적 이념공간' 으로 분류하였으며 '실재공간' 은 실재적 자연이 전개되는 차원으로서의 공간을 의미한다. 흔희 우리가 시각적으로 접하게 되는 그런 공간이다. '직관공간' 은 자연을 직관하는 우리의식의 형식으로서의 공간으로 설명하고 있다. 그러나 '이념공간' 의 문제에 이르러서는 간단하게 설명하지 못하고 있다." 하기락, 『하르트만 연구』, 형설출판사, 1977, 참조. 신상성·유한근 공저, 앞의 책, p.15.

학자들의 문제로만 국한되는 것이 아니라 삶에 관련된 모든 학문의 주된 논제로 논의되어 왔으며 철학적 공간론은 문학적 공간론으로 전이되면서 본격적 논의가 제기된다. 문학에서의 공간은 철학적 선험론이나 경험론, 그리고 현상학적 공간 논리에서 창조적 상상력의 기능으로 대체된다.

최근의 공간 논의는 메를로-퐁티, 가브리엘 마르셀, 볼노프 등과 같은 실존철학자나 이-푸 투안과 같은 공간 이론가들에 의해 괄목한 만한 성과를 이루었다. 메를로-퐁티는 공간과 정신 사이의 소통 방법을 고민하였으며 이-푸 투안은 그간의 공간에 대한 논의를 집대성하면서 인간의 경험과 육체의 문제를 중요하게 부각시켰다.[7] 이들의 논의는 건축공학적 입장을 근본적으로 합의하며 나아가 인간 의식을 탐구하는 의식현상학적 논의와도 관련성을 지닌다.

문학에서 논의되는 시적 공간은 슐츠의 실존적 장소이론으로도 접근이 가능하다. 장소는 사람의 실존이 지니게 되는바, 뜻깊은 사건을 겪는 목표이거나 초점이 됨과 아울러 주체가 깃들여 머무는 곳, 또는 새로운 출발점이 되기도 한다. 장소로부터 사람은 정위되고 환경을 차지하면서, 낱낱의 사람이 이루는 행위는 나뉘고 다양화된다. 이런 까닭에 장소는 둘레의 잘 알려져 있지 않은 비깥 공간과 달리 잘 알려진 안 공간으로 체험되며, 심리적 안정감을 주기 위해 비교적 작아야 한다고 슐츠는 말한다. 시에서 이러

---

7) Yi-Fu Tuan, 구동회 · 심승희 옮김, 『공간과 장소』, 대윤, 1999, pp.15~87, 참조.

한 장소는 서정 주체에게 동일성 감각을 주거나 지향 작용을 일으
키는 자리, 또는 그의 지향 목표가 마침내 이르고자 하는 도달점
이 됨으로써 중심으로 올라선다는 것이다.[8] 또한 슐츠의 이론은
자연 현상과 관련되는데 수직 방향은 상승 또는 하강을 나타내고
그것은 생활 세계보다 더 높거나 낮은 실체로의 통로를 나타낸다.
수직 방향이 초현실적인 어떤 뜻을 지닌다면 수평 방향은 사람의
구체적 행동 세계를 나타낸다. 따라서 사람이 지닌 실존 공간의
가장 단순한 틀은 수직축에 의해 관통된 수평면이 된다. 그 평면
의 한 장소에서 사람은 자신의 실존 공간에 보다 특별한 구조를
제공하는 통로를 선택, 창조한다는 것이다.[9]

이러한 공간에 대한 철학적 공간 규정은 시의 이론에도 수용된
다. 즉 문학에서의 공간은 철학적 선험론이나 경험론, 그리고 현
상학적 공간 논리에서 정신적 힘인 창조적 상상력의 기능으로 대
체된다. '시적 인식이 세계에 대한 인식을 가능케 한다는 점은 물
리학의 진보에서 지식보다는 상상력의 중요성을 설파한 아인슈타
인의 언명과 더불어 현대물리학이 이룬 최근의 성과가 뜻밖에도
논리를 초월한 시적, 직관적 인식과 상통한다'[10]는 지적은 특히 시

---

8) 박태일, 『한국 근대시의 공간과 장소』, 소명출판, 1999. p.37.
　영역을 한정하는 방법으로 슐츠는 해안선이나 강·구릉과 같이 강한 자연요소에 따른 것,
　농업이나 주거와 같이 환경 속에서 이루어지는 특별한 활동에 따른 것, 사회적 조건에 따른
　것뿐 아니라 날씨 같은 것까지도 들고 있다. 사람이 영역에 대해 갖는 이미지는 사회·문화
　적 요인에서 더 나아가 물리적·기능적 요인에 의해서도 영향받고 있음을 말하고 있는 셈
　이다. 슐츠의 실존적 장소론은 무엇보다 이 세계, 곧 우리의 공간환경은 사람의 소망과 꿈
　으로 이루어져 있으며, 사람은 그것을 채우기 위해 자신의 환경에 적응하거나 환경을 변화
　시키려고 노력하는 세계 안쪽 존재라는 점을 잘 일깨워준다. 같은 책, pp.38~40, 참조.
9) 오승희, 앞의 논문, p.22.

에 있어서 시적 직관성이나 인식은 시가 논리를 초월한 상상력을 발상의 근저로 한다는 것을 의미한다.

또한 시적 공간의 형성은 이미지에 의해 가능하다. 이미지는 신체적 지각에 일어난 감각이 마음 속에 재생된 것이며, 이미저리는 언어에 의하여 마음속에 생산된 이미지군을 가리킨다.[11] 이러한 이미지는 주로 기억, 공상, 상상력을 통하여 시적 공간으로 구축된다.

그러나 무엇보다도 '문학에서의 공간이란 문학이 현실 세계와 유추적 관련을 맺는다는 점에서 그것이 실재하건 안 하건 작품 속에 나타나는 구체적 사물과 대상을 통해 드러나며, 이 때 공간에 대한 의식은 어떤 대상에 대한 의식이며 대상을 통해 주관의 지향성이 드러난다'[12]는 점을 감안한다면 작품 속에 구현된 공간분석은 문학의 본질을 규명하는 것과 아울러 시인의 의식의 지향점을 밝히는 매우 유용한 하나의 방법이다.

2) 공간과 자아 인식

"자아(ego)란 우리가 의식적으로 조정할 수 있는 마음의 부분이며, 우리가 사는 현실(즉 외계)과의 관계를 수립하는 마음이 부분이다."[13] 또한 "시 연구에 있어서 자아의 문제는 시인 자체가 아니

---

10) 이노끼 마사후미, 한명수역, 『현대물리학입문』, 전파과학사, 1973, p.242.
11) 김준오, 『시론』, 문장사, 1982, pp.105~106, 참조.
12) R. Magliola, Phenomenology and Literature : An Introduction, Purdue Univ. Press, 1977, p.4, 김은자, 『현대시의 공간과 구조』, 문학과 비평사 1988, p.17. 재인용.

라 시의 구체적 상황으로부터 탄생한 시적 자아를 대상으로 한다. 시인이 대상에 대해 갖게 되는 다양한 경험적 사실은 그에 따른 주관성과 심리 작용에 의해 의미 부여되며 어떤 대상에 대한 인식의 타당성은 결국에 가서 각 개인이 갖고 있는 초험적 자아의 직관에 귀착된다."[14] 따라서 시적 대상에 의미를 부여하고 이를 상상력에 의해 현상화하는 것은 시인이 그 대상에 대해 어떠한 관념을 갖는가 하는 지향 의식에 의해 결정된다.

또한 문학에 있어서 '공간'은 인간의 경험이 이루어지는 영역이기 때문에 '공간 인식'이라는 말 속에는 그 공간에서의 경험 주체의 태도와 정신이 들어 있다. 즉 '공간 인식'은 공간 속에서의 자아 의식을 의미한다.[15]

일반적으로 시의 공간은 상상력에 의해 창출되지만 궁극적으로는 현실보다는 나은 세계에 대한 '지향적 의지'[16]를 추구한다. 이

---

13) 조두영, 『프로이드와 한국문학』, 1999, 일조각, p.23.

14) 박이문, 『現象學과 分析哲學』, 일조각 , 1985, pp.77~90, 참조.

15) 김종태, 『정지용 시의 공간과 죽음』, 월인, 2002, pp.23~24.
  인간은 육체적 존재이므로 공간을 떠나서는 존립할 수 없다. 인간은 어떤 공간에서 자신의 의지와는 상관없이 거처하기도 하고 때로는 그 의식이 지향하는 바에 따라서 특정 공간을 창출하여 그 공간에 새로운 존재론적 가치를 부여하기도 한다.

16) 박진환, 「한국시의 공간구조 연구 1920년대와 1930년대 시를 중심으로」, 중앙대학교 대학원 박사학위 논문, 1989, p.23.
  시의 공간은 시적 상상력에 의해 창출된 일종의 소우주로서 그 바탕엔 우주적 창조원리나 질서에 의한 법칙이 원용된 정신적인 세계이다. 그 때문에 과학이나 논리를 초월한 우주적 상징역(象徵域)으로 제시된다. 우주적 상징역은 현실세계와의 유추적 결합을 구성원리로 형성함으로써 단순한 외계의 묘사나 재현이 아닌 재창조의 세계가 된다. 따라서 공간에 대한 파악은 자아와 세계를, 존재와 세계라는 시대정신과 세계관을 통해 제시될 수 있다. 시는 초월과 변용, 그리고 구원과 영원성 획득과 같은 문학 외적 요소들을 문학적 본질로 차용하고 있는 미학임을 알 수 있게 한다. 따라서 시의 공간은 시인의 세계관을 시로써 형상화하고, 시로써 실천하며 실현하고자 하는 시세계로 귀결된다.

말은 현실적 삶을 지향하고자 하는 내면적 공간의 시적 표출을 의미한다.

시의 공간에 대한 이러한 문학적 인식은 자아와 세계, 또는 존재와 세계라는 상호 관련 속에서 시대 정신과 세계라는 지평으로 확대되어 이해될 수 있다. 그런가 하면 현대문학의 본질 규명과 문학적 구현을 공간화의 지향에서 찾게 되고 단순한 시각적 재생이나, 문학적 언어에 내재하는 시간의 지속성에서가 아니라 한순간에 사물의 총체성을 드러내는 시도[17]로써 파악되기도 한다.

또한 '시적 자아와 세계는 상호 작용하며 자아의 의식 작용은 그 시인의 사회 현실에 대한 세계 인식을 드러낸다'[18]고 했을 때 시의 공간에 대한 이러한 문학적 인식은 자아와 세계, 또는 존재와 세계라는 상호 관련 속에서 이해될 수 있는 것이다.

문학 작품이 결국 작가의 자아와 세계와의 관계 속에서 드러내는 생활 세계, 또는 개인적 경험의 의식적 재구성이라 한다면 그 작품에는 작가의 삶의 과정에 따라 작가의 정신 세계가 투영될 것이고, 지속적으로 나타나는 관념과 정서, 시간과 공간, 그리고 상상 등이 하나의 지배적인 양태로 통합되게 마련이다.[19]

곧 인간은 스스로의 존재에 대해 의문을 가지며 그 의문 속에서 자아에 대한 의식 세계를 밝히고자 했을 때 공간을 분석하는 일은 실존적 자아를 해명하는 하나의 방법이 될 수 있다. 따라서 시인

---

17) 오세영, 「현대문학의 본질과 공간화 지향」, 『문학사상』, 1986. 4. p.227.
18) 김수복, 『상징의 숲』, 청동거울, 1999. p.37.
19) R. R. Magliola, 최상규 역, 『문학과 현상학』, 대방출판사, 1986. pp.47~50. 참조.

이 작품을 통하여 보여주는 세계와 자아와의 관계는 시인의 내면 의식과 밀접한 관련을 가지며 이는 문학 공간의 분석을 통해 더욱 확연히 드러난다고 할 수 있다.

2. 현대시에 나타난 공간 유형

1) 자연 공간

앞의 공간 이론에서 살펴보았듯이 시에서의 공간 제기는 일찍이 플라톤에 의해 이데아로, 아리스토텔레스에 의해 자연으로 제시된 바 있다. 플라톤은 감각적 사물과 그 원형인 이데아로 공간을 구별하였고, 아리스토텔레스는 사물간의 관계로 공간을 설명하고자 했다. 이어 에이브람스는 시적 공간을 우주란 개념으로 설명하고자 했고, 베이컨은 기존의 자연에 대립하는 또 하나의 자연을 창조하는 원초적인 힘으로서의 상상력을 제시함으로써 시에서의 공간 개념을 설정하고자 했다.[20]

우주는 자연적으로 형성된 창조적 공간이며 시인의 의해 창조된 공간은 상상력에 의해 인위적으로 창조된 공간이다. 따라서 우주적 자연 공간에 대응되는 인위적 창조 공간은 모든 존재를 언어로 형상화하거나 언어권으로 편입시키는 언어 공간이라 할 수 있다.

---

20) 박진환, 앞의 논문, p.1.

여기에서 '언어는 존재의 집'[21]이라는 하이데거의 말은 언어에 의해 모든 존재가 창출될 수 있다는 뜻이 되며 그 때문에 언어는 창조적 공간이 될 수 있다는 것을 의미한다.

언어로 표현되어지는 문학적 공간에 대해 실존적 공간 이론이나 이-푸 투안의 장소이론은 '우주적 자연 공간'[22] 가운데 실재 장소를 뜻하는 자연 공간의 이론적 접근에 있어 적절하다.

공간과 장소는 주체의 지각 경험과 밀접한 관련을 가지고 있다고 할 수 있는데 공간 속에서 주체가 가지는 의식이 공간의식이며, 이는 주체의 경험과 밀접한 관련성이 있다. '경험적으로 공간의 의미는 종종 장소의 의미와 융합되며, 공간은 장소보다 추상적이며, 무차별한 공간에서 출발하여 우리가 공간을 더 잘 알게 되고 공간에 가치를 부여하게 됨에 따라 공간은 장소가 된다'[23]는 이-푸 투안의 주장은 공간을 장소라는 구체적 지명으로 설명하고 있다. 이러한 이-푸 투안의 견해 외에도 문학의 공간에 대한 연구라 함은 문학 속에 나타난 지리적 공간의 연구를 말하기도 한다.[24]

1990년대 중반 이후, 지리적 공간에 대한 문학답사활동이 각 대

---

21) 하이데거, 『하이데거 시론과 산문』, 김광진 역, 탐구당, 1979, p.115.
22) "우주적 자연 공간으로 여러 공간이 제시될 수 있다. 천체계를 대표하는 해·달 등의 세계, 지상의 세계인 바다 산 대지 그리고 바람과 비의 같은 지표공간이 그것이다. 이러한 것들은 우주적 자연의 원형사물로서 항구적이고 영속적인 존재들이다. 모든 존재의 조건으로 시간과 공간을 필연화하게 되는데 우주나 자연도 예외는 아니다. 자연적 질서나 우주적 항구성도 시간 및 공간적 질서에 다름 아니기 때문이다. 존재의 조건은 공간을 요구하고 존재의 조건으로서의 공간이 우주·자연이라는데서 원형사물들은 우주적 자연을 대표하는 존재가 된다." 오승희, 「현대시조의 공간연구」, 동아대학교 대학원 박사학위논문, 1991, pp.4~5.
23) Yi-Fu Tuan, 앞의 책, p.19.

학과 평생교육원 및 문화센터를 중심으로 활발하게 이루어져 왔다. 이와 관련된 서적도 20여 종에 달한다. 이러한 현상은 문학이 '사회적 진실을 객관적으로 반영하고 있다'는 고전적 명제를 중심으로 학교 내에서의 정태적 연구가 '생활 속의 문학'이라는 차원으로 변화되어 가고 있음을 보여주는 것이라고 할 수 있다.[25] 문학 속의 실재 지리적 공간에 대한 관심은 문학과 실재적 공간과의 관계가 작품의 해석뿐만 아니라 작가의 의식 세계를 규명해 주는 하나의 방법으로 작용하기 때문에 구체적 장소로서의 공간은 작품에 중요한 요소의 하나이다.

한국현대시의 지리적 실재 공간에 대한 연구는 그리 많은 편은 아니나 공간에 대한 관심과 아울러 지역별 혹은 작가의 중심 상징이나 이미지로 표출된 실재 공간에 대해 논의되어 왔다.

그러한 논의로서는 『경남문학대표선집』에 수록된 시와 시조를 중심으로 경남지역의 문학적 지리 공간의 실상이 파악되었다. 즉 시와 시조 중 직접 지리적 공간을 그 자체를 시적 대상으로 했다고 판단되는 202편의 시를 가려내어 공간별로 분류하고 각 공간

---

24) 박혜영은 문학공간에 대해 다음과 같이 설명하고 있다. "문학의 공간이라 할 때 첫째 그것은 문학작품 속에 묘사된 지리적 공간을 칭한다. 둘째로 문학의 공간이라는 말은 텍스트 공간 espace textuel, 다시 말해서 문학텍스트 그 자체, 그것이 차지하고 있는 문자화된 물질적 공간, 그 특이한 배열, 구성을 가리킬 수 있다. 셋째로 우리가 문학의 공간이라고 말할 때, 그것은 작가가 글쓰기에 몸을 맡기는 공간, 삶, 현실이 이미지가 되고, 그 이미지를 언어화하고자 하는 끝없는 새로운 시작만이 열리는 공간, 언어를 통해 현존이 부재가 되고, 부재가 현존이 되는 공간, 블랑쇼적 의미의 문학의 공간을 지칭할 수도 있다."는 것이다. 박혜영, 「문학과 공간 : 이론적 접근 Ⅰ」, 『덕성여대논문집』 제25집, 덕성여자대학교, 1996, pp.4~5.
25) 김수복, 「문학과 공간: 그 이론적 모색」, 김수복 편저, 『한국문학공간과 문화콘텐츠』, 청동거울, 2005, p.36.

별로 시적 특성을 고찰하였다.[26]

또한 우리 문학이 지닌 다양한 공간을 탐색하여 국토 구석구석을 문학적인 입체 공간으로 만들어 주는 일, 나아가서 문학을 미적으로 향유할 수 있는 다채로운 관점을 마련한다는 일의 중요성을 들어 이승수는 그러한 작업 중의 하나로서 평양이라는 공간이 지닌 역사성과 긴밀하게 관련된 문학이 상징성을 파악하기 위하여 문학사적으로 평양(좁게는 대동강)의 공간성에 대하여 연구하고 있다.[27]

이렇듯 실재적 공간에 대한 연구는 시와 대상간의 관계 규명에 있어 매우 중요한 위치를 차지하며 특히 자연을 대상으로 하는 문학적 공간은 시적 자아의 의식 세계의 규명에 중요한 역할을 한다고 볼 수 있다.

---

26) 전문수, 「경남문학의 공간 시학 – 경남문인들의 시(시조)를 중심으로」, 『인문논집』 제8집, 창원대학교 인문과학연구소, 2001, p.32~50, 참조.
위 연구의 결과로서 중요한 의의는 이런 탐색을 통해서 시학 일반론을 고찰한 것이다. 즉 시적 공간의 일반적 특성을 여러 작품을 통해서 찾을 수 있었다는 것이다. 월등하게 산수의 순수 자연에 대한 시가 많았으며 이런 경향은 기인치거저인 현실 초월이 의식이 지배적이다.

27) 평양을 대표하는 작품들은 크게 남녀 간의 사랑과 역사의 회고라는 두 가지 주제로 대별된다. 이 두 가지의 내용은 다르다. 하나는 사랑하지만, 이별하게 되는 공간이고 다른 하나는 회고하면서 허무를 느끼게 되는 공간이기 때문이다. (하나는 '사랑 → 이별'의 공간이고, 다른 하나는 '회고 → 허무'의 공간이기 때문이다.) 그러나 상실과 소외의 정조를 공유한다는 점에서 동일하다. 이승수, 「한국문학의 공간 탐색1 평양」, 『한국학논집』 33집, 한양대학교 한국학연구소, 1999, p.101.

2) 사회적 현실 공간

　문학은 그 시대의 사회 문화와 밀접한 관계를 가지며 공간이란 추상적인 것이 아니라 현실과 밀접한 관련을 갖기 때문에 생활 속에서 구체적으로 느끼게 되는 것들의 체험 공간으로 존재하며 주체들의 구체적인 삶의 의식 지향성을 밝혀 나갈 수 있는 근간이 된다.

　자아가 나의 마음과 세계와의 관계 즉 내·외계와의 관계를 맺는 자아의 의식적 국면을 자아 의식이라 할 때 시가 시인의 의식의 반영, 혹은 사회라든가 현실이라고 하는 것과의 관계와 그 반응에 대한 주체 의식의 표출이라 할 수 있다.[28]

　역동적 파노라마[29]를 연출한 근대계몽기에서부터 사이버 시대

---

28) 이상호, 『한국현대시의 의식분석연구』, 국학자료원, 1990, pp.17~18.
29) 근대계몽기와 사이버 시대의 시적 특징에 대해 최동호와 고미숙의 주장은 다음과 같다.
　근대계몽기에 이르기까지 불과 15년 정도에 해당하는 이 짧은 연대는 이후의 어떤 시기와도 견주기 어려운 특이성을 갖고 있다. 유럽에서는 몇 세기에 걸쳐 일어나 중세와 근대의 교체가 지극히 짧은 시간 안에 압축되어 진행됨으로써 역동적 파노라마를 연출했기 때문이다. 근대성이 던져 준 가장 커다란 질곡은 이분법이다. 민족주의와 제국주의, 근대와 전근대, 문학과 비문학, 진화와 퇴보, 공과 사, 남성과 여성 등 무수한 계열화를 이루며 뻗어 나가는 이 이항 대립의 그물망이야말로 새로운 사유, 상이한 삶의 방식을 원천적으로 차단하는 근간인 것이다. 따라서 근대성의 외부를 사유하기 위해서는 이 이분법의 벽을 정면으로 관통해야만 한다. 근대계몽기가 의미심장한 것은 근대적 이항 대립체계가 만들어지는 과정을 적나라하게 보여줌과 동시에 대립적 항들이 좌충우돌하며 뒤섞이는 양상을 동시에 연출한다는 점에 있다. 말하자면 태동의 현장이 지닌 역동성으로 인해 원초적 양상과 더불어 그 외부를 동시에 사유할 수 있게 해주는 이중적 역설의 장이 된 것이다. 이 시기는 내용적으로는 민족, 국가, 국민 등 근대적 주체 생산이 활발하게 진행되는 시기이지만, 표현 형식의 측면에서는 탈주체화가 널리 일반화된 시대이기도 하다. 계몽의 담론들은 신문 매체들을 통해 발표되었는데, 이 장들은 고정된 주체로 환원되지 않는 한마디로 익명성이 범람하는 공간이다. 예컨대 계몽의 정점인 대한매일신보는 신채호, 박은식, 장지연 등 다양한 인물이 활동한 장인데, 그 매체 안에서 이루어진 글쓰기는 뒤엉켜 있기

로 지칭되는 현 시대까지 문학과 사회 현상은 불가분의 관계를 맺는다.

그러나 인간에 있어서의 사회적 인식은 시대와의 관계에서 보다 면밀히 구체화되는 것도 사실이나 가장 근원적이고 원초적인 일차적 집단으로서의 가족과 관련된 사회적 공간이야말로 시적 자아의 의식 세계를 밝히는 근원이 된다.

감각과 영험을 중시한 공간 이론을 제시한 이-푸 투안의 견해는 주목할 만하다. 그는 공간을 이해하는 척도로 경험을 중시한다. 그는 인간이 공간적 특질에 대하여 이해하게 되는 것은 운동지각과 시각·촉각을 통해서라고 주장한다. 운동을 통한 장소 이동은 공간의 방향 감각을 획득하도록 하며 비거리화된(nondistancing) 감각인 후각·촉각·청각들조차 공간적 지각 능력을 가진 시각과

때문에 개별 주체로 환원될 수 없다. 그렇기 때문에 신채호를 다룬다고 할 때, 이 매체의 글쓰기 전체를 배경으로 삼지 않고, 신채호의 저작임이 분명한 텍스트만을 솎아내는 일은 거의 무의미하다. 다른 인물의 경우도 마찬가지다. 고미숙, 「근대 계몽기, 그 이중적 역설의 공간」, 『사회와 철학』 제2집, 사회와 철학 연구회, 2001, pp. 32~36, 참조.
또한 최동호는 근대계몽기에 대해 다음과 같이 정의하며 20세기 현대시사를 명제에 근거하여 분류하고 있다. 식민지 해방 운동 시대의 명제는 '인간은 노예가 아니다.'라는 것이다. 근대계몽기는 리얼리즘이나 민족문학을 둘러싼 개념의 연쇄, 한마디로 근대성 전반에 관한 발본적인 문제 제기를 가능하게 해주는 연대이다. 19세기 말에서 1910년 한일 병탄의 '인간은 노예가 아니다.'라는 명제는 식민지 지배하에서 조국의 해방과 독립을 염원하고 그러한 시를 쓰고 때로는 감옥에서 순절하기도 한 시인들을 떠올리게 만든다. 19세기의 20세기 사이에 그의 멸망을 눈앞에 두고 부끄러움으로 인해 자결한 청매킨이 있는가 하면, 독립운동의 선봉에 나선 한용운이 있다. 조선민족은 노예가 아니다라는 특별한 명제는 사람은 기계가 아니다라는 명제로 대체되어 20세기 초반의 제국주의적이며 패권주의적인 정치적 소용돌이가 지나간 다음 20세기 후반부터 계속된 산업화 시대를 대변하는 명제가 된다. 반독재투쟁과 노동운동이 맞물리면서 산업화는 활기차게 추진되었으며, 참여시/민중시/노동시로 이어지는 일련의 시적 흐름은 20세기 후반을 추동하는 시사회적 전진의 역동성에 대한 시적 반응이라고 할 수 있다. 최동호, 「현대시사의 연구 방향」, 『어문논집』 42집, 민족어문학회, 2000, pp.228~230, 참조.

촉각과 더불어 공간에 대한 이해를 풍부히 한다고 보며 그는 공간을 해석하는 데 있어서 인간의 감각경험이나 정신이 반드시 반영되어야 한다고 주장한다. 예를 들어 객관적인 거리에 내포된 의미도 경험의 상태에 따라 다양해질 수 있다는 것이다.[30] 구체적인 경험을 중시하여 인간의 경험과 감각을 중심으로 공간에 대한 이해는 경험에 근거한 공간 인식이 가능하다.

일반적으로 공간이라는 말이 우리의 머리에 환기하는 것은 장소, 배경, 장면, 위치, 방향, 운동, 분할, 조망, 풍경, 지형, 환경 등을 포괄하는 것으로서 매우 복합적인 양상이 되며[31] 볼노브에게 있어서 공간이란 추상적인 것이 아니다라는 것이다. '삶의 모든 현실을 묶는 구체적 역장이다. 따라서 공간을 단순히 공간이라 하지 않고 공간성(die Raumlichkeit)이라 하여 그 포용성을 인정하고자 한다'.[32] 그에게 공간의 문제는 바로 거주의 문제였다. '그는 집에 거주한다는 점이야 말로 사람의 현존을 파악하는 바탕이 된다고 보고, 시간 속에 희망하고 공간 속에 깃들여 사는 하나의 고리를 빌어 독특한 희망의 공간론을 펴고 있다.'[33]

즉 문학 공간의 구체화는 경험에서 비롯되며 그 의미는 특정한 장소에서 드러나게 되며 경험된 의미들은 실존 공간의 구성 요소가 된다.

---

30) Yi-Fu Tuan, 앞의 책, pp.15~38, 참조.
31) 홍성암, 「소설의 공간설정과 작가 의식」, 『현대소설연구』 제5집, 한국현대소설학회, 1996, p.51 이하.
32) Otto. F. Bollnow, 백승균 역, 『삶의 철학(Die Lebensphilsophie)』, 경문사, 1979, p.235.

이러한 실존 공간의 개념은 사람의 어떠한 행위도 공간적 양상을 지닌다는 사실에 바탕을 두고 있는 셈이며 행동이 일어나기 위해서는 어느 정도 정확하게 한정된 공간적 틀을 필요로 한다[34]는 것이다.

시에 있어서 작가 공간이란 작가의 감각이나 정서나 사상 등을 시적 상상력을 발휘하여 표현하는 공간을 말한다. 시적 자아는 존재하는 모든 것들을 작가 공간에 표현할 수 있다. 따라서 이 공간에는 단순한 지리적 사회적 배경이나 심리적 감각적 상태만이 존재하는 것이 아니라 주제와 연관되어 하나의 구조체계가 형성된다.

이런 점에서 강연호[35]는 일제 강점기 한국 유이민의 실상을 날카롭게 묘파한 시인으로 알려진 이용악의 시적 공간은 '북쪽'이라

---

33) 박태일, 앞의 책, p.35.
　박태일은 슐츠의 공간개념을 다음과 같이 요약하고 있다. 볼노브에게서 이러한 집의 문제는 슐츠에 이르러 장소, 또는 중심이라는 말로 바뀌어 거듭된다. 그에 따르면 사람은 장소의 의미를 개별화하고 추상화하는 능력, 곧 상징화하는 힘을 빌어 장소를 실존적 의미들의 구성요소로 만든다. 그리하여 사람은 개별적 상황을 뛰어넘어 사회적이고 뜻 깊은 삶을 이룰 수 있다고 보았다. 이러한 상징 능력으로 말미암아 만들어진 작품은 마침내 현실의 여러 단계들이 상호작용하는, 겪었거나 있음직한 삶의 상황을 구체화한 것이다. C. Norberg-Schulz, 김광현 역, 『실존 · 공간 · 건축(Existence · Space · bitecture)』, 산업도서, 1981, pp.39~85, 참조.
34) 위의 책, p.36.
35) 강연호, 「이용악시의 공간연구」, 『현대문학이론연구』 제23권, 현대문학이론학회, 2004. p.104.
　이용악의 시를 해명하는 데 있어서 시적 공간의 해명과 이를 통한 전체 맥락의 파악은 중요한 의미를 갖고 있다. 이용악 시의 시적 공간은 전체적으로 '북쪽'이라는 시어로 표상되며, 이 방위는 이용악의 시세계에서 지배적인 의미 공간으로 기능한다. 이 북쪽의 의미 공간은 대략 세 가지 측면에서 구체적으로 접근할 수 있다. 그것은 고향으로서 북쪽, 고향 너머 이국으로서의 북쪽, 그리고 국경과 변경으로서의 북쪽으로 나뉘어진다.

고 표현하고 있다.

문학에서의 공간은 내재화된 실존 공간으로서의 공간 상징의 의미를 뜻한다.

3) 가상 공간과 독자 공간

정보화 시대에 있어서 컴퓨터의 등장은 사회 전반에 걸쳐 삶의 양식을 변화시키고 있으며 이러한 변화는 문학에서도 발견된다. 기존의 전통적인 문학이 한정된 시간과 공간, 종이책 중심의 인쇄 방식에 의한 쓰기와 읽기가 이루어졌다면 디지털 시대의 컴퓨터에 의한 문학 형태는 문학의 창작과 수용에 있어 급격한 변화를 가져왔다.

컴퓨터를 통해 하나의 창으로 펼쳐지는 새로운 공간에서는 모든 영상과 소리, 문자 등을 디지털 신호(0과 1)로 바꿀 수 있으며 바뀐 디지털 신호로 자유롭게 전송, 조작, 검색이 가능하다. 이러한 공간은 전 지구적으로 네트워크화된 통신과 결합됨으로써 사이버 공간을 창출한다. 이러한 매체의 변화, 곧 인터넷, 하이텔, 천리안, 유니텔 단위로 대표되는 컴퓨터와 통신의 결합은 '사이버 공간'을 만들어내고, '사이버 문학'이라는 새로운 문학 장르를 개척한다.[36] "사이버 공간은 물리적으로 존재하지 않고 서로 원격지에 떨어져 있으면서도 현실 세계처럼 각종 정보의 교환은 물론 대화

---

36) 김중혁 외, 「대중문학의 이해」, 예림기획, 2005, p.266.

및 문학 작품까지 창작할 수 있는 논리적 가상 공간이다. 특히 자기 자신과 가상 현실이 일체가 된 느낌을 강하게 느낄 수 있는 새로운 매체의"[37] 공간이다.

또한 사이버 공간에서 일어나는 사건들은 실제 세계에서의 시간적 질서, 연속성, 통일성을 깨뜨릴 뿐만 아니라 어디로든 이동이 가능하다. 따라서 물리적 공간같이 고정된 영토에 뿌리를 내리는 정착적 존재 방식이 위협받는다. 요컨대 사이버 공간에서는 영토적 고착이 순간 이동을 가능하게 하는 동시성과 즉시성으로 대체되면서 그 의미를 상실하는 탈영토화(deterritorialization)가 일어난다.[38] 누구나 아이디(ID)를 만들면 이 공간 안에 참여할 수 있으며 동시에 아무 때나 탈퇴 가능할 뿐만 아니라 신원을 감출 수 있어 익명적이며 개인의 의사가 존중되어 자유롭게 자신의 욕구를 펼칠 수 있는 탈영역화 된 공간이다.

이러한 디지털 시대로의 전환은 문학 환경과 문학 작품에도 영향을 미치는데 새로운 문학 환경의 대두에 대해 '문학의 위기설'과 '새로운 패러다임'[39] 등으로 우려와 기대의 양면성을 가져온다.

최동호는 20세기 말부터 디지털적 생명공학 시대가 도래하였으며, 20세기까지 인류문명을 가능케 했던 모든 인간적 관계들이 무너지는 위기를 감당해야 하는 지점에 놓인 것이 21세기 초두에 서 있는 인간들의 위기[40]라고 지적한다. 디지털 문명이 가져온 사이

---

37) 산드라 헬셀 외, 노용덕 옮김, 『가상현실과 사이버공간』, 세종대학교 출판부, 1994, p.32.
38) 이종관, 『사이버 문화와 예술의 유혹』, 문예출판사, 2003, pp.18~19.
39) 이소연, 「디지털 시대 현대시의 새로운 길 찾기」, 김종회 편, 『사이버 문화, 하이퍼텍스트 문학』, 국학자료원, 2005, p.403.

버적 환경은 문학에 있어서도 개인적이고 사변적인 가상 공간을 통한 근원적 인간 존재의 위기론에 대한 문제 의식을 성찰하게 하며 컴퓨터의 가상 세계 속에서 순간적으로 접속되었다 사라지는 존재들은 유령적이고 환영과도 같은 존재들이므로 신범순은 "이 사이버 시대의 시적 공간을 유령적 초상과 창조적 고민 소멸의 공간"[41]으로 보고 있다. 이러한 문학 공간에 대해 또한 김중일은 이 시대의 시적 공간을 '무수히 많은 사적인 공간으로 구성된 공간'[42]이라고 이야기 한다. 그러나 새로운 문학 공간은 종전의 인쇄 공간을 뜻하던 도상 공간의 변화와 비선형성, 다매체성, 상호작용의 특성으로 설명되는지는 하이퍼텍스트 문학의 등장을 통해 새로운 읽기 방식과 독자의 적극적 참여라는 열린 세계를 제공한다는 점에서 혁신적이며 문학의 새로운 영토의 확장을 가져오는 창조적인 공간으로 논의되기도 하며, 우정권은 웹사이트에 구축된 문학

---

40) "인간이란 온갖 난관을 헤쳐온 지난 세기의 경험을 축적한 존재이기 때문에 어쩌면 시의 힘이 그리고 시인들이 사회문화적 지향점에 확신을 가지고 활동 반경을 넓혀 갈 때 인류는 자기 존재의 정당성을 확보할 수 있을 것이며, 과학기술 만능주의를 슬기롭게 극복하고 새로운 천년을 기약하게 될 것이라고 전망할 수 있다는 것이다. 시인에 대한 희망이 사라진다면 모두가 사이버 공간에서 떠돌며 약간은 마비된 채로 디지털적 문화에 대한 환상이 불러일으키는 불꽃 속으로 사라져갈 것"이라 지적한다. 최동호, 「현대시사의 연구 방향」, 『어문논집』 제42집, 민족어문학회, 2000, p.228.

41) 신범순, 「사이버 시대 시의 유령적 초상과 창조적 고민의 소멸」, 이선이 편저, 『사이버문학론』, 월인, 2001, p.13.

42) "90년대 이전까지는 시대 전체가 하나의 거대한 시적 공간이었던 시기였다. 그 공간 속에서 민중시에서 실험시에 이르기까지 다양하게 양산되었다. 90년대 들어 이러한 거대담론의 공간은 무수히 쪼개지고 흩어지기에 이른다. 90년대에 들어 거대한 시적공간에 대한 반작용으로 무수히 작은 밀실의 공간, 개개인들의 파편화된 공간이 시 속에서 등장하기 시작한 것이다. 이런 점에서 90년대라는 과도기를 통과한 2000년대의 시적 공간을 '무수히 많은 사적인 공간으로 구성된 공간'이라고 명명하고 있다." 김중일, 「시 창작품 공룡(외 30편)의 가상 공간적 상상력」, 단국대학교 대학원 석사학위논문, 2004, p.1.

공간을 소개[43]하고 있다.

1990년대 유하, 장정일, 하재봉 등의 몇몇 시인들은 텔레비전이나 비디오와 같은 매체를 시의 제재로 기계화된 세계에 대한 비판과 그러한 세계 속의 삶에 허상에 대한 시적 사유를 보여주었다. 그러나 디지털 기술을 수용한 문학의 새로운 흐름은 컴퓨터가 제공하는 사이버 공간에서의 삶의 기계화와 인간의 기계화에 대한 인간의 실존의 문제를 가상현실을 통해 보다 구체적으로 드러낸다.

시는 일차적으로 볼 때 기호이며, 쪽 배치와 같은 물리적 공간이다. 출판 공정으로 말미암아 만들어지는 글자 배열, 글꼴과 같은 세부적인 사항을 아우르는 공간이 도상 공간(iconic space)이다. 근대문학의 경우 이러한 도상 공간은 인쇄 공간을 뜻한다. 우리 시의 경우 도상 공간 수준에서 크게 달라진 시기는 1970년대로 볼 수 있다. 글자 배열로 볼 때 그 앞선 시기에는 세로쓰기가 큰 흐름이었다. 그러나 1970년대를 지나면서 시의 글자 배열은 가로쓰기를 큰 흐름으로 하며 왼쪽에서 오른쪽으로 수평 읽기를 하게 되었다.

이러한 도상 공간에 커다란 변화가 나타났다. 시의 생산과 유통 과정에 정보 영상기술이 도입되고, 컴퓨터의 모니터 공간을 활용하기에 이르렀다. 즉 컴퓨터망 안에서 무정부적인 자유로움과 실험이 용인되는 광범위한 쌍방향 매체를 통하여 시 쓰기가 이루어

---

43) 우정권, 「문화콘텐츠 탐사에 의한 한국문학공간의 가상현실화」, 김수복 편저, 『한국문학 공간과 문화콘텐츠』, 청동거울, 2005. p.86.

지게 되었다. 집단창작이 더욱 쉬워지고, 여러 글들의 짜깁기와 빌려오기, 융합과 해체, 재해석이 자유롭게 뒤따르는[44] 현상이 그것이다.

인쇄 공간과 달리 사이버 공간에서는 일방적인 방향의 수용이 아닌 상호간의 영향력을 행사할 수 있는 상호작용성이 나타나게 된다. 인터넷에서 저자와 독자는 실시간으로 또한 양방향으로 소통함으로써 두 문학적 주체 사이의 경계가 모호해지기도 한다.[45]

독자 공간은 '작가가 텍스트에 형성한 공간을 독자가 해석함으로써 새로운 공간이 창출되며 독자의 의식 작용으로써 작가 공간이 재구성되었을 때 독자 공간의 형상이 드러나며[46] 독자들은 매우 다양하게 작가 공간에 대하여 반응한다. 사이버 공간에서는 기본적으로 작가가 구체적으로 밝혀지기보다 익명의 작가에 의한 텍스트가 활발히 그리고 매우 빠른 속도로 유포되고 소통되면서 이루어지는 공간이다. 즉 사이버 공간에서는 종전의 방식의 독자 공간에서 탈피되어 새로운 참여와 실험의 공간을 제공한다.

---

44) 박태일, 「1990년대 한국시의 공간과 그 전망」, 김수복 편저, 『한국문학공간과 문화콘텐츠』, 청동거울, 2005. 5, p.145 이하.
45) 최동호 이성우, 「팬포엠(FanPoem)의 가능성과 실제구현 – 하이퍼텍스트 시쓰기 프로그램과 시인·독자의 위상 변화를 중심으로」, 『어문논집』 51집, 민족어문학회, 2005, p.182.
46) 장일구, 「서사적 공간론의 이론과 실제」, 『서강어문』 13집, 서강어문학회, 1997. 12, p.204.

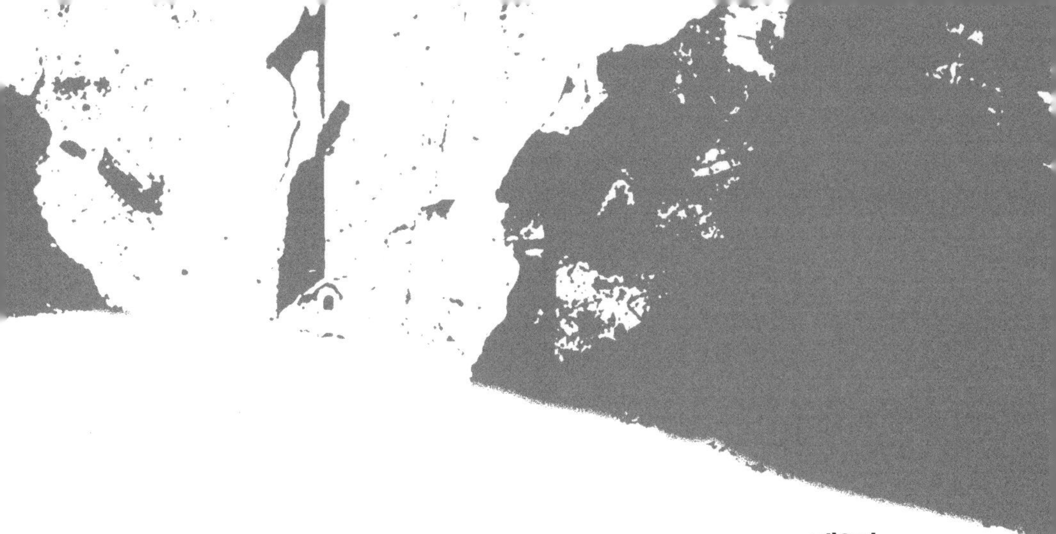

제3장

한국 현대시에 나타난 공간 인식

1. 근원적 존재 탐구로서의 자연 공간
2. 회귀와 일탈로서의 사회적 현실 공간
3. 자아 해체와 소통으로서의 가상 공간

한국 현대시에 나타난 공간 인식

1. 근원적 존재 탐구로서의 자연 공간

근원적 존재 탐구로서의 자연 공간으로 산과 바다와 섬을 중심으로 이성선과 노향림의 시를 살펴보고자 한다. 여기서 지리적 자연 공간이라 함은 실재 장소로서의 자연 공간을 뜻한다. 즉 설악산에 나타난 산의 공간 인식으로는 이성선의 시를, 압해도와 목포 고향 앞바다를 중심으로는 노향림의 시를 분석고자 한다. 특히 70년대 작품 활동을 시작한 이성선은 삶과 문학을 분리할 수 없는 구도적 시 쓰기를 해왔다는 점에서 노향림은 시의 근원을 목포 고향 앞바다에 두고 작품세계를 펼쳐 보였다는 데서 실재적 공간에 나타난 공간의 의미를 통해 자아의 의식세계를 알아 보고자 한다. 이성선과 노향림에게 있어서 산과 바다라는 시적 공간이 차지하는 비중은 그의 시세계를 밝히는 중요한 요소이다. 단순히 작품의 배경이나 장소로서만의 기능이 아니라 실재적 지명을 지닌 자연 공간으로서 시를 해명하는 중요한 역할을 한다.

1) 이성선 시에 나타난 '산'의 공간 인식

이성선[1]은 1970년 『문화비평』 여름호에 「시인의 병풍」 외 4편을 발표한 이래 자연과의 일치를 통해 우주의 근원적 질서를 통찰하고 자기 정체성을 회복하고자 노력한 시인이다. 그는 등단 초기부터 주로 일관된 시적 세계를 유지, 심화해온 시인이었지만 그 당시에는 문단에 큰 관심을 끌지 못하였다. 이는 초기 시가 발표되던 1970년대 정치, 사회, 문화적 상황에 기인한 것이기도 하지만 은둔자적인 지방 문단의 한 시인으로 살았던 그의 삶과도 무관하지 않다.

우주의 근원에 도달하기 위해 구도적인 시 쓰기를 해온 이성선

---

1) 그의 시에 대한 평가는 주로 동양적 형이상학에 근거한 자연관, 우주관, 순수 서정성에 대한 시적 가치, 정신주의의 한 분류로서의 전통성의 계승이란 측면과 상실된 자아의 우주론적인 탐구, 전체성의 회복에 대해 이루어졌다. 이러한 가운데 이성선의 시에 대한 평가는 동양적 자연관, 우주관에 대한 것이 대부분이다.

그의 시에 대한 논의는 다음과 같다.

김준오, 『현대시의 환유성과 메타성』, 살림, 1997.

최동호, 『디지털 문화와 생태시학』, 문학동네, 2000.

이광호, 「투영의 시학」, 『현대시학』, 1990. 4.

전도현, 『물방울 우주-자연 친화적 상상력과 구도의 정신』, 황금북, 2002.

강웅식, 『서정시가 있는 문학 강의실』, 유니스타, 1998.

이숭원, 『서정시의 힘과 아름다움』, 새미, 1997.

박호영, 『한국현대시인 논고』, 민지사, 1995.

의 시는 자연과의 관계에서 비롯된다. 문학이 인간의 삶을 가장 절실하게 구체적으로 표현하고 있는 예술이라면, 인간의 삶의 터전이 되는 자연에 관한 문제는 단순히 시적 소재의 차원을 넘어 우주와 인간의 존재론에 관한 문제, 세계관의 문제, 시인의 삶의 태도에 관한 문제를 내포한다.[2] 곧 이성선의 자연은 문학 그 자체이자 삶이다.

특히 이성선은 산의 시인이다. 그는 산 가까이 살면서 주로 산을 제재로 한 작품을 많이 썼기 때문이다. 산은 세속적인 세계와는 대립되는 도덕적이고 수양적인 공간이다. 구도적인 시 쓰기를 해 온 시인에게 있어서 산이야말로 고요 속에서 끊임없이 스스로를 비우며 극기적 절제를 할 수 있는 무욕의 장소이자 영혼이 지향하는 공간이다. 이 공간 안에서 비로소 우주적 세계로의 초월을 꿈꾸었으며 이상의 세계 속에 절대자를 만나고 드디어 자기 자신을 신성의 존재로 인식하였다.

이성선은 설악산과 함께 한 시인이다. 설악산은 그가 숨쉬며 깨달음 속에 시를 쓰다 마지막 영혼을 묻은 곳으로 그의 시세계를 밝혀 줄 중요한 장소이자 문학적 공간이다. 또한 창작 주체의 경험이 가장 잘 반영될 수 있는 것이 공간과 장소라 했을 때 본고에서는 설악산을 배경으로 한 그의 시를 중심으로 그의 시세계를 살펴보고자 한다.

---

2) 신현락, 『한국 현대시와 동양의 자연관』, 한국문화사, 1998, p.11.

(1) 구도를 향한 성찰의 공간

이성선의 시세계는 인간의 비극적인 운명을 직시하고 그것을 극복하고자 하는 데서부터 출발한다. 이는 그의 시세계가 삶과 세계에 관한 문제를 심각하게 인지하고 그에 대한 고뇌와 성찰로 이루어졌음을 의미한다. 시적 자아와 세계는 상호 작용하며 자아의 의식 작용은 그 시인의 사회 현실에 대한 세계 인식을 드러낸다[3]고 했을 때, 이성선이 접한 세계는 고통스런 현실이 존재하는 세계이다. 그러한 세계에 반응하는 태도는 삶의 허무적인 인식을 담고 있다. 곧 그는 억압과 구속의 밧줄에 묶여 사는 현실[4]에 대해 비극적이며 부정적인 것으로 인식하여 고통과 좌절을 경험함으로써 현실에 대한 허무적 자아 의식을 나타낸다. 이러한 현실에 대한 인식은 그가 초월자적 시인으로서의 삶에 영향을 미침과 동시에 현실과 대립되는 공간 속에서의 끊임없는 자기 성찰과 구도적 자세로 시세계를 구축하게 한다.

　　그날 밤

---

[3] 김수복, 『상징의 숲』, 청동거울, 1999, p.37.

[4] 이성선, 『나의 나무가 너의 나무에게 ─ 나의 詩世界』, 오상사, 1986, pp.127~128. 이성선은 다음과 같이 말하였다. "인간은 나면서부터 다른 동물들과는 달리 사회라는 특수 집단을 형성하고 이 집단은 개인을 보호한다는 이유로 끊임없이 교육과 훈련을 강화해 오면서 인간을 구속하고 매질했으며 바로 이 교육과 훈련을 통하여 그를 그로부터 가장 먼 곳으로 추방시켜버렸다. (… 중략 …) 따라서 이렇게 어려서부터 오래도록 자기로부터 떨어져 자기를 상실한 인간은 끝내 누구인지도 모르는 또 다른 자기를 찾아 헤매게 되었으니 바로 이 고통 속의 헤매임이 내 詩 作業의 길이다."

눈 속에 사람이 죽었다

열 길도 넘는 하얀 눈의 계곡에

사람이 묻혔다

(… 중략 …)

그날 밤 나는 시를 썼다

길을 잃지 않으려고

나는 불도 끄지 않았다

눈은 내려 마을을 덮고 나를 덮는데

잠들지 않으려고 시를 썼다

―「설악산 큰 눈」 일부

대청봉 위에서 맑게 솟는

물을 마시니

티벳 영산 물 한 모금이 줄었다

설악에 엎드린 내가

히말라야 성수를 끌어 마셨구나

―「山上에서」 일부

설악산 해 지는 모습이 너무 깊어서

가만히 그 아래 서서 올려다보다가

저물어 아름다운 하늘빛에 몸을 기대다

—「저문 하늘빛에 기대다 - 山詩 53」 일부

　사람이 파묻혀 죽을 정도로 눈이 많이 내린 설악에서 '길을 잃지 않으려고', '잠들지 않으려고 시'를 쓰는 시인의 모습과 마음은 처연하다 못해 슬프다. 문학이 삶의 상처이자 위안이라면 현실을 떠나 스스로에게 부끄럼없이 살겠다는 다짐은 그를 산중에서 밤새 시를 쓰며 보내게 한다. '설악의 노을을 바라보며 하늘빛에 기대어 본다거나', '엎드려 히말라야 성수를 끌어 마시는 일'은 이렇듯 시를 쓰는 행위와 다름 아니며 몸과 마음을 정화하고 순화하는 데에서 가능한 것으로 자기 성찰과 구도적 자세가 전제되었음을 뜻한다. 이는 '우주적 외경심에서 나온 이성선의 시가 또 하나의 자아, 즉 영혼에 대한 끊임없는 탐구와 연결되어 있다'[5]는 것을 의미한다.

　또한 정신적 안식처를 제공하는 산의 위대함을 이성선은 고요함에서 발견한다. 이성선이 그가 유일의 시적 대상으로 삼고 있는 자연 공간이 맑고 고요한 자리를 보장해 준다는 점과 자연을 통하여 자아의 반성적 태도를 보여[6]준다는 점에서 정적에 휩싸인 산은 인간 스스로를 깨닫게 하고 존재의 비밀을 탐색하는 시인의 정신이 잘 드러나는 곳이다. 곧 산은 우리에게 주는 여러 특징 가운데에서 고요함 속에 자아의 존재를 깊이 바라볼 수 있는 절대적 공

---

5) 박호영, 『한국현대시인 논고』, 민지사, 1995, p.300.
6) 이숭원, 『서정시의 힘과 아름다움』, 새미, 1997, pp.164~165.

간을 제공한다.

　시인은 이 지상의 누구도 몰래, 아무것도 걸치지 않은 그대로 산 속에 누워 가장 원시적인 모습으로 혼자만의 시간을 산에서 맞는다. 몇 시간이고 누워 있으면 끝내 고요만이 전부인 산 속에서 그 고요가 천둥 번개처럼 몸 속에 뿌리를 내린다. 산은 이러한 몰입의 세계를 제공하며 산의 속성 중의 하나인 고요한 시간을 맞이하기 위해 이성선은 산을 선택한다.

　　　聖者의 모습으로 산이 저문다

　　　아득한 灰黑色 고요

　　　조율하지 않아 구불구불 흩어져 나간

　　　슬픈 능선들, 생각들

　　　수많은 말들이 혼돈에서 깨어나기 전

　　　침묵하는 입.

　　　붉은 빛만이 산을 밟고

　　　거대한 힘으로 하늘 향해 일어섰다.

　　　목숨의 불, 화엄 황혼

　　　숨막히는 나를 압도하는 고요여.

　　　말하는 자는 사라지고

　　　바라보는 자만 여기 남아 있다.

　　　누가 남아 별보다 투명한 마음으로

　　　어둠 속에 노래하리.

—「황혼 화엄 노래」 전문

'聖者의 모습으로 산이 저물 때' '灰黑色 고요'가 가득한 산의 모습에서 시적 화자는 그 고요 속에 압도당한다. 노을이 지는 산의 정적 속에, 聖者 같은 산을 보면서 말마저 잃어버리고 '바라보는 자만이' 그 산에 남는다 그 경건함 앞에서 투명한 마음으로 노래할 뿐이다. 노을 지는 산의 모습이란 고요함 속에서 경건함을 갖는 것이며 또한 투명한 마음이 되고자 하는 것이다. 여기서 경건함이란 세속의 자아를 초월하고 싶을 때 그 대상으로 산이 존재할 때 가능하며 그 산을 바라봄으로써 그와 같은 마음을 염원한다. 성자의 모습 같은 산이란 성자의 삶을 지향하고자 하는 자아의 이상이며 그 성자의 삶이란 자아의 성찰 없이는 불가능한 세계이다.

이러한 고요함 속에 시인 자신도 고요하게 자신의 내면을 가라앉혀 명료한 의식으로 인간 존재의 근원을 통찰한다. 산과의 유일한 문답법을 '고요히 산을 향해 있다가', '홀연 자신에게 돌아서는 일'(山門答)이라 하였다. 이처럼 고요함 속에 얻은 깨달음은 곧 자아의 각성을 말하며 성자의 삶을 지향하려는 시인의 열망은 산과 같이 스스로 깊게 하며 고독 속에 깊어 가는 자아 성찰에서 비롯된다.

설악산은 나의 지붕이다

지붕 끝으로 밤이면 별이 뜬다

기왓골 깊이깊이 물소리가 잠긴다

—「나의 집」 일부

산이 깨어나는 시간에 일어나 앉아

시를 쓸까 좌선을 할까 차를 마실까

별빛 내려와 쓸고 돌아간 도랑을 돌까

물소리 올라가 얼어붙은 고요한 하늘 위로

산이 깨어나는 소리 하나만 걸려 있다

이것저것 다 놓아두고 그냥 바라보며

눈 안에 그 모습 하나 고요히 앉혀두자

—「겨울 산사에서」 일부

'산이 깨어나는 시간'은 그 산사에 있는 나도 함께 깨어나는 시간이다.

산이 깨어나는 새벽에 산과 함께 일어나 '시를 쓸까', '좌선을 할까', '차를 마실까', '도랑을 돌까' 하고 생각하는 동안 자신도 모르는 사이에 분주하고 설레인다. 그러나 물소리 올라가 얼어붙은 고요한 하늘에는 다만 '산이 깨어나는 소리'만이 걸려 있다. 비로소 시인은 분주하고 설레였던 마음을 가라 앉혀 눈앞에 그 소리 하나만을 고요히 앉혀 두고자 한다. 곧 내면의 공간에 산이 고요히 내려앉음으로써 침묵 속에 가라앉는 존재에 대한 성찰의 시간을 맞는다. 겨울산의 쓸쓸한 정경을 대하면서 산다는 것의 의미를 성찰하고 모든 욕망이 소멸된 상태가 어떠할까를 명상한다. '설악의 지붕 아래서' 존재의 성찰과 구도적 삶의 비밀을 탐색하는 시인의 정신이 그대로 반영되고 있다.

즉 이성선의 시에 있어서 산은 고요와 정적 속에 자신의 존재를

드러내고 성찰할 수 있는 공간이며 절제와 극기의 성찰 끝에 도달
하고자 하는 초월의 세계다. 산이야말로 자연과 조화를 잃지 말고
살아야 할 존재임을 깨닫게 하는 중요한 대상이자 구도의 공간이
다.

⑵ 무욕과 초월의 공간

산은 한국 문학에 있어서 인간의 자연관을 투영하는 대상이며
정신적인 관조의 대상으로 존재한다.[7] 또한 명상과 교양과 지혜·
초탈·안주·무욕의 온갖 의미를 깨닫게 하는 수양적인 거울의 근
거가 되는 동시에, 자연과의 융합을 구하는 가장 구체적인 장소
요, 예술적인 미적 공간의 대상이기도 하다.[8]

이렇듯 산은 우리 삶의 일부로서 세속의 혼탁해진 마음을 가라
앉혀 주는 위안의 구실을 하기도 하며 경외의 대상으로 경건성의
의미를 지니기도 한다. 따라서 미적인 가치뿐만이 아니라 도덕적
인 수양을 위한 정신적 위안의 공간이다.

세속의 번거로운 티끌 세계를 멀리 떠나 산은 통합적으로 신
비·신성·해탈과 선정(禪定), 그리고 만고 부동의 형이상학적인
숭고와 경이의 대상으로 받아들여지는 것이 산에 대한 동양적인
관점이며 사유의 근거이다.[9] 이처럼 산을 성자처럼 경배하는 것도

---

7) 연은순, 『문학의 숲으로 난 작은 길』, 한국문화사, 1997, p.125.
8) 이재선, 『한국문학 주제론』, 서강대학교 출판부, 1989, p.272.
9) 위의 책, pp.276~277.

결국은 그것을 통하여 자신의 존재 의미를 확인할 수 있기에 가능
한 것이다.

> 저녁 공양을 마친 스님이
>
> 절 마당을 쓴다
>
> 마당 구석에 나앉은 큰 산 작은 산이
>
> 빗자루에 쓸려나간다
>
> 산에 걸린 달도
>
> 빗자루 끝에 쓸려 나간다
>
> 조그만 마당 하늘에 걸린 마당
>
> 정갈히 쓸어 놓은 푸르른 하늘에
>
> 푸른 별이 돋기 시작한다
>
> 쓸면 쓸수록 별이 더 많이 돋아나고
>
> 쓸면 쓸수록 물소리가 더 많아진다

—「백담사」 일부

길 따라 굽어 흐르는 물 백 개의 연못에 백 번 얼굴을 비추고 백번 마
음을 고쳐야 열리는 山門. 귓가에 넘치는 물소리가 모두 법문이고 가지
의 바람소리가 오도송이며 우거진 쑥대풀과 억새꽃이 다 詩다

(… 중략 …)

산 전체가 구름 옷을 벗고 있다. 산이 깨어나는 소리 듣는다. 산이 옷

을 입었다 벗었다 하는 사이 빗물 머금은 산빛과 산내음이 물소리에 실려 세상 아래로 떠간다. 구름이 산을 열었다 닫았다 한다. 길이 보였다 안 보였다 한다. 내가 있다 없다 한다.

—「봉정암 가는 길」 일부

저 산에 이끌리어

남은 생 전부

저 산에 이끌리어

—「산 그림자」 일부

내가 최후의 닿을 곳은

외로운 설산이어야 하리

얼음과 백색의 눈보라

험한 구름 끝을 떠돌아야 하리.

가장 외로운 곳

—「절정의 노래 1」 일부

이성선은 외로운 설산에 이끌리고자 한다. 가치 있는 세계와 사람들이 한부로 제 모습을 드러내지 않는 것처럼 이성선에게 있어서 산은 숨겨진 고절의 세계이자 진실의 세계다. 정신과 영혼이 험한 눈보라 속을 떠돌다 가장 외로운 곳, 그곳으로 남은 생의 전부를 이끌리고 싶어한다. 이는 이성선이 바라보는 산이라는 세계는 자아가 끊임없이 자기 희생과 극기적 절제를 가능하게 하는 곳이며 자신의 정신을 부단히 고양하고 투명한 영혼이 향하는 곳이 기 때문이다. '신도 조율하지 않는', '어떠한 절대적 존재도 산을 움직이거나 다스리지 못한다'는 사실은 곧 산이란 신의 지배를 받 지 않으며 스스로 움직이고 깊어 가는 존재임을 의미하며 인간적 한계를 넘어 도달하고자 하는 절대적 초월의 공간이 산임을 이성 선의 시세계는 보여준다.

가지에 잎 떨어지고 나서
빈 산이 보인다.
새가 날아가고 혼자 남은 가지가
오랜 여운에 흔들릴 때
이 흔들림에 닿은 내 몸에서도
잎이 떨어진다
무한 쪽으로 내가 열리고
빈곳이 더 크게 나를 껴안는다
흔들림과 흔들리지 않음 사이
고요한 산과 나 사이가
갑자기 깊이 빛난다
내가 우주 안에 있다

—「흔들림에 닿아」 전문

"산이란 하늘과 땅을 연결해 주는 매개 공간이며 대지의 중심이 다. 이 중심은 현저한 聖域, 즉 절대적인 실재의 영역"[10]으로 시인

은 현실과 멀리 떨어진 순수의 대상이며 근원으로서 산을 인식한
다. 자기 통찰 속에 자아의 존재를 드러내 주는 곳이다. 자아의 통
찰이 가능한 것은 산이 세속과 멀리 떨어진 무욕의 경지며 초월의
존재라는 것을 의미한다. 곧 세속과는 구분되는 변별적 특질을 지
닌 공간으로 자연과 융합을 꾀하는 구체적 장소이자 신성한 공간
으로 욕망의 덧없음을 깨닫게도 해주며 자신을 낮추는 겸손함과
더불어 자연과 조화를 이루며 살아야 할 존재임을 깨닫게 하는 중
요한 대상인 것이다.

　모든 것을 다 버렸을 때 더욱더 확실하게 드러나는 존재의 실체
처럼 잎이 다 지고 나니 비로소 빈 산이 보인다. 그러나 그 빈 산
은 잎 진 가지의 흔들림이 내게 닿아 나를 초월의 세계로 이끌어
‘흔들림과 흔들리지 않음 사이’, ‘고요한 산과 나 사이’가 빛나게
한다. 오랫동안 사물과 세상과 자신에 대해 묵상하면 득도의 경지
에 이를 수 있다는 믿음으로 시를 쓰며 실천하며 산 시인에게 있
어서 산은 고요한 정적의 공간에서 나무와 풀과 별을 가슴에 투명
하게 새기며 더 나아가 우주와의 조화와 합일을 꿈꾸게 하였다.
그러한 꿈을 향한 성찰의 시간이야말로 진정한 구도자의 모습이
며 결국 비움으로써 더욱 확연해지는 존재와의 융합 속에 우주의
한 생명체가 탄생할 수 있는 세계로 이끌어 가는 것이 곧 산이라
는 공간이다. 또한 현재적 자아를 초월하고 새로운 존재로 이행하
고자 하는 자아의 의식을 내포한다.

———————————

10) 엘리아데, 정진홍 역, 『우주의 역사』, 현대사상사, 1976, p.28.

(3) 우주적 자아 발견의 공간

이성선의 시는 자연친화의 시이면서 동시에 자연 탐구를 바탕으로 한 인생론으로 존재론의 성격을 지닌다. 곧 자연 현상 안에 깃들인 우주의 원환적 질서를 탐구함으로써 우주라는 커다란 생명체에 깃들인 우주적 존재의 실체를 밝히는 우주론적 인간 탐구를 보여주는 시다.[11]

"내가 지금까지 해왔고 오늘 여기 서서 앞으로 계속 나아가려는 것은 바로 내 안에서 위대한 침묵을 듣는 현자를 만나는 것, 그를 발견하는 것, 그 다음 '나'와 '그'가 하나로 우주 속의 귀가 되는 것"이라고 이성선은 자신의 문학관[12]을 밝힌 바 있다. 여기서 '나'와 '그'가 하나로 우주의 귀가 되기 위해서 이성선은 내 안의 현자를 만나고자 한다. 내 안의 현자, 즉 내면 속의 현자를 만난다는 것은 자아의 성찰 속에 가능한 것으로 곧 하늘 문을 두드리며 신성한 그분 바로 내 안의 또 다른 자아를 발견하고자 한다. 그분의 존재는 결국 내 안에서 현존한다.[13] 자연과의 합일을 이룬 시

---

11) 김재홍, 「고단한 시대, 內省의 목소리들」, 『세계의문학』, 1988, 여름, p.287.
12) 이성선, 「내 문학의 오늘과 내일」, 『시와시학』, 1996, 봄, p.134.
13) 이성선, 앞의 글, pp.125~126.
　　이성선은 자신의 시 세계를 다음과 같이 밝힌 바 있다.
　　"나의 詩는 나에게로 가는 문이다. 나의 詩는 내 안의 또 다른 나를 찾아가는 고행의 발걸음이며 하늘로 가는 문이고 지옥으로 향하는 몸짓이며 동시에 지옥과 천당을 한 몸에 지니고 가는 자의 노래이다. 그 분을 찾는 주문, 때로는 그 분과 함께 걸어가는 노래이다. (… 중략 …) 그 분은 누구인가. 나의 영혼이다. 내 안에 계시는 또 다른 나요, 깨어 있는 자이며 神이다. 그분이 돌아와 계실때만, 그 분이 깨어 있을 때만 나의 詩 나의 노래는 시작된다. 나의 육체는 받드는 그릇이며 등잔이다. 영혼을 몸은 맑은 기름이 되어 그 분 불꽃을 위하여 조금씩 등잔을 비워 간다."

적 자아의 마음에 몸도 바쳐 섬기고자 했던 그분이 존재한다. 이렇듯 그분을 만남은 곧 자아의 성찰과 아울러 끊임없이 자신을 비우며 모든 욕망과 욕심을 버림으로써 가능하다. 시인 자신의 내면 의식과 잘 융합되어 지향하고자 하는 절대세계의 표상이 된 그분과의 만남이란 시인이 우주 전체의 질서와 연관 속에서 존재하는 참다운 자아를 발견했기 때문이다. 시가 우주를 상상한다는 것은 벌써 우주에 대해 요지부동의 관념을 확보하고 있는 그 사회를 넘어서서 세계와 우주에 대한, 그 속의 인간에 대한 또 다른 이해에 도달[14]하는 것이라면 이성선의 시에 나타나는 자아는 이미 단순한 자아가 아니다. 그것은 우주를 염두에 둔 우주와의 교감과 합일을 이룬 자아다.

> 눈뜨는 시간까지
> 여기 우주의 자궁 속에
> 내가 돌아와 누워 있다.
> 한 송이 꽃처럼.
>
> —「잠적」일부

> 나무잎 하나가
>
> 아무 기척도 없이 어깨에

---

14) 황현산, 『말과 시간의 깊이』, 문학과 지성사, 2002, p.353.

통 내려앉았다

내 몸에 우주가 손을 얹었다

너무 가볍다

—「미시령 노을」 일부

이성선은 인간 존재의 통찰을 통해 불가사의한 자연과 우주의 세계를 꿰뚫어 감득하는 직관과 일상의 세계를 맞물리게 하는 능력이 탁월한 시인이며[15] 누구보다도 비극적인 인간적 조건과 우주적 운명을 넘어서고자 노력한 시인이다. 투명한 영혼으로 우주 속에서 자신뿐만 아니라 우주적 존재 하나 하나와 교감하면서 우주의 경이로움에 자신을 맡긴 시인이다. 탐욕과 이기심에서 휩싸인 사회적 존재를 벗어나 산의 품에 안긴 자연인으로 끊임없이 우주와의 일치를, 자신의 신성성을 발견하고자 한다. 이러한 발견은 '우주의 자궁 속에서' 가능한 것이며 어깨에 내려앉는 나뭇잎 하나에서도 우주의 손길을 느끼는 것이다.

오세암
내설악에서 밤에
우주 전체가

---

15) 김선학, 『새벽꽃 향기 – 불가사의한 세계와 일상성이 만나는 자리』, 문학사상, 1989, p.137.

계곡 물 속으로 들어가는 것을

보았다

길을 따라 들어간다.

아무리 찾아도 절이 없다

—「오세암」 일부

달 하나가 마음의 고랑으로 내려간다

산을 들으러 가는

느릿느릿한 걸음이

시처럼 아름답다

(… 중략 …)

가랑잎 하나가 산을 싸고 간다

—「내설악」 일부

우주적 자아의 생성이란 우주는 하나의 거대한 유기체이며 유기체라는 것이 살아 있음을 전제로 하는 것일 때 이성선이 보여준 우주적 세계관은 조화와 화해, 순수와 원형의 세계에 대한 추구와 아울러 이 모든 것이 통합된 세계임을 말한다. 우주적인 질서와 조화를 간직하고 있는 산이야말로 마음을 비우고 구도적인 자세로 임할 때 새로운 존재로 거듭 태어날 수 있는 것이다.

세속적 인간들이 채우려는 욕망에 급급한 반면, 신성의 세계를 지향하는 사람들은 오히려 비우려고 한다. 버리고 버려서 무소유의 상태가 되고 싶어한다. 허공의 세계, 무의 세계에 도달하는 길은 비움으로써 가능한 것이며 이런 상태에서 내 안에서 위대한 침묵을 듣는 현자를 찾아 '그'와 '내'가 우주 속의 하나가 되고자 한다. 내 안의 현자를 만나기 위해 이성선은 우주 전체가 잠기는 산의 계곡에서 '산을 들으러 가는 느릿한 걸음으로 살다' 시처럼 사라졌다. 산의 나무를, 별을 하늘을 바라보며 신성의 존재로 갈고 닦아 나아가길 꿈꾸었다. 그 신성한 존재란 투명한 영혼을 지칭하며 투명한 영혼과의 조응을 위해 설악의 깊은 그늘 안에서 우주와의 조화로운 합일과 새로운 자아 발견이 가능했던 것이다.

이성선은 자연 속에서 자연을 매개로 하여 우주의 근원에 도달하기 위해 구도적인 시 쓰기를 해온 시인이란 점에서 그의 삶과 자연과 문학을 분리할 수 없다. 곧 이성선의 시세계는 자연과의 관계에서 시작된 시적 성과로 자연에 대한 이해 없이는 불가능하기 때문이다. 그가 주로 노래하던 자연이란 특히 설악이란 산에서의 삶과 문학을 말하는 것이며 인간의 비극적 운명을 직시하고 그것을 극복하고자 했던 그의 시적 출발은 산이라는 공간 안에서 존재에 대한 깊은 성찰로 이어진다.

세속을 떠난 이성선에게 있어 산은 끊임없이 스스로를 비우며 극기적 절제를 가능하게 한 곳이었다. 곧 고요함 속에서 자신의 존재에 대한 성찰뿐만 아니라 모든 욕망과 욕심을 버리고자 했던 무욕의 장소이자 투명한 영혼이 지향하는 공간이었다. 이 공간 안에서 비로소 우주적 세계로의 초월을 꿈꿀 수 있었으며 우주와의 조화와 화해를 통해 드디어 자기 자신을 신성의 존재로 인식하였다.

곧 이성신은 세계에 대한 깊고 고통스러운 통찰의 과정을 통해 부정적 세계관을 극복하고 상실된 자아의 존재론적인 탐색을 통해 자연과 우주와 내가 하나가 되는 시적 세계를 보여주었다. 이는 그의 시세계가 현재적 삶을 초월하여 우주적 자아 실현이 완성되었음을 의미한다.

한편에서는 이성선이 보여준 우주적, 자연적 존재로서의 인간의 모습이 신비로운 외경심만을 불러일으키는가 하는 본질적인 문제에서부터 그의 시에는 삶의 구체성이나 현실과의 대결의식이 희박하다는 비판도 없지 않았다.

그러나 그가 보여준 시적 세계야말로 우리 시의 내면적 진실을 심화하고 전통적인 서정의 질을 고양시켜 준 소중한 의미를 지님과 아울러 그의 시는 청정한 우주심을 간직하게 함으로써 영원한 자유인으로서 진정한 삶의 가치를 우리에게 일러준다. 자연과 우주와 인간과의 교감을 통해 존재의 신성함을 보여준 이성선의 시야말로 우리 현대시사에 독자적인 위치를 가지고두 남으리라 여겨진다.

2) 노향림 시에 나타난 '바다'의 공간 인식

노향림은 1942년 전남 해남에서 태어난다. 1970년 『월간문학』

신인상에 시 「불」이 당선되어 문단에 나온 이래 첫 시집에서 지금까지 일관된 시작 방법을 유지한다.

김현의 지적처럼 노향림의 시세계는 김광균이 개척하였고, 김춘수가 그 이론적 근거를 제시한, 그리고 김종삼이 훌륭하게 그 변주를 이룩한 암시적 묘사의 세계로 그 세계의 원리는, 시인은 마음의 움직임을 가능한한 시인 주위의 구체적 사물로 환기시켜야 한다는 것이다.[16] 즉 노향림이 선택한 시적 방법은 감상을 가능한 배제하고 주의의 풍경들을 암시적으로 제시하면서 자기 내면의 모습을 보여주는 시세계이다. 이는 그의 시의 밑바탕에 깔린 자아의 내면화된 정서들을 감각적인 언어로 가볍게 스케치한 듯한 풍경 속에 내재시켜 마음의 표상들을 보여줌을 말한다.

한 편의 작품 속에 투영된 삶의 쓸쓸한 정경들이 우리를 감동하게 하는 것은 이러한 현실의 외곽에 대한 시선과 내면적 정황이 적절하게 균형 잡혀 있을 때임을 감안할 때[17] 그가 선택한 풍경은 단순한 풍경이 아니라 그의 내면의 정경들을 보다 선명하게 바라보게 하는 것이다.

또한 독보적인 이미지스트로서 자리를 굳혀온 그는 대상의 사물

---

16) 김현, 『젊은 시인들의 상상세계/말들의 풍경』, 김현 문학전집 6, 문학과 지성사, 1992, p.64.
　　감성주의를 어떻게 극복하느냐 하는 것이 최대의 관심사였던 김광균은 그것을 도시적 사물들로 자기의 감정을 번역함으로써 해결하려 하였고, 역사를 뛰어 넘는 순수한 삶에 도달하는 것을 목표한 김춘수는 유년 시절에 본 순진한 사물들을 그대로 보여 줌으로써 그것에 다다르려 하였다. 그와는 약간의 편차를 두고서 김종삼은 미적 세계의 구축을 위해 서유럽적 예술의 세계에 깊은 관심을 가졌다.
17) 김수복, 『정신의 부드러운 힘 - 우리 시대의 표정과 상징』, 단국대출판부, 1994, p.370.

성을 최대한 드러내 주며 자기의 목소리를 감추는 몰개성화의 힘든 방법에 타고난 능숙함을 지닌 시인으로[18] 암시적 묘사와 회화적인 이미지들을 통해 의미 부재의 삶에 대한 인식을 형상화한다.

특히 바다 가까이에서 나고 자란 노향림에게 있어 바다와 섬의 의미는 남다르다. 이는 노향림에게 있어 정서의 가장 밑바탕이 됨과 아울러 내면의 정경을 묘사해내는 그의 시세계에서 근원이 되기 때문이다.

즉 노향림이 언어로 그려내고 있는 풍경은 사실적 묘사로 이루어진 것이 아니라 시인의 의식에 의해 완전히 새롭게 재편성된 풍경이라 했을 때[19] 그가 보여주고 있는 바다와 섬의 기억은 단순한 풍경 그 이상의 의미를 지닌다.

인간은 과거를 기억하거나 미래에 대한 기대에 부풀어 있을 때에도 그러한 상황을 나타내는 공간에 존재하게 되며 인간이 보고, 듣고, 말하고, 느끼고, 상상하는 것 모두는 바로 공간이 전제될 때에 발생 가능한 것이다. 따라서 인간이 공간을 인식한다는 것 자체가 그 자신의 존재를 인식하는 것이다.[20] 이러한 공간의 의미는 노향림의 시가 자기 존재의 근원적인 의미와 깊이를 바다와 섬이라는 공간에서 인식함을 말한다. 또한 문학작품이 생성되는 가장 근본적인 원인으로 작가의 체험, 공간에 대한 체험은 작품 속에 드러난 지리적 대상에 대한 묘사 형태에 대한 탐색을 가능하게 하

---

18) 한영옥, 『한국 현대시의 의식탐구』, 새미, 1999, p.350.
19) 엄경희, 「풍경, 혹은 고통의 표정」, 『시와 사람』, 2002. 여름, p.209.
20) 안남일, 『기억과 공간의 소설현상학』, 나남, 2004, p.153.

는데[21] 목포 앞바다와 압해도라는 섬에 대한 시적 형상화는 유년의 체험과 경험이 어우러진 노향림의 시적 세계관을 밝혀 주는 중요한 공간이다. 이에 본 논고에서는 그의 시에 나타나는 바다와 섬을 통해 그 근원과 지향점을 살피고자 한다.

(1) 적막한 유년의 풍경

노향림 자신도 그의 모든 시를 이해하는 중요한 관문으로서 초기 작품 「꿈」을 꼽았듯이[22] 목포 앞바다를 바라보며 보낸 삶에서 그의 시는 출발한다. 노향림에게 있어 바다는 유년의 추억과 함께한 공간이다. 그 공간은 성장기에 있어서 병든 몸과 외로움이라는 내면적 상징성을 띤다.

"物神만 추구하는 시대에 내 삶의 영향을 끼쳤던 것들은 영원으로 남는데 그 영원한 것들이 없으면 어떻게 시를 쓸 수 있겠는가"[23] 라는 그의 말처럼 그의 시는 바로 고향 앞바다라는 공간에서 비롯되며 내면에 존재하는 미세한 풍경을 표출하는 내면 공간으로 형상화된다.

바다가 앞에 와 있었다

뻘밭 사이에 처박고 있는

---

21) 한원균, 「문학과 공간 : Ⅰ 이론적 모색」, 김수복 편저, 『한국문학공간과 문화콘텐츠』, 청동거울, 2005, p.23.
22) 노향림, 「바닷가의 삽화 – 꿈」, 『문학사상』, 2002. 3, p.270.
23) 노향림, 「새로운 화법과 긴장감」, 『시와 반시 98』 제26호, p.303.

그의 얼굴이 늘 보고 싶었다

신음소리가 귀신이 되어 나오던

집 한 채.

철사토막 같은 손으로

바다소나무들은

앙가슴을 가리고 있었다

사람 냄새가 그리웠다

긴 복도 끝

육조 다다미 방에 복막염으로

나는 누워 있었다

사금파리, 야생초, 생고무냄새

바람 사이의 흐릿한 호얏불.

오래 문 닫힌 대장간에 쌓여있는

靜寂들이 보고 싶었다

아, 손과 발을 달고 날아다니는

아이들 소리들을 보고 싶었다.

나는

심심풀이로 바다의 몸을

만지작거리곤 했다

꿈에서 깨어나면 미끈거리는

소금기만이 마음에 가득히

묻어났다

바다는 늘 앞에 와 있었다

―「꿈」 전문

목포 앞바다 벼랑 위의 집은 사방 유리창으로 둘러싸인 적산가옥으로 늘 유리창이 덜컹거렸으며 그 소리 또한 유령의 소리로 착각할 정도여서 집 앞으로는 그 누구도 지나가지 않았다고 한다. 이러한 적막한 환경은 잦은 병치레로 집에 혼자 남겨지게 되는 시간이 많았던 시인에게 외로움과 고독감에 젖게 할 수밖에 없었다. '사람 냄새가 그리워서', '심심풀이로 바다의 몸을 만지작거리곤 하며' '손과 발을 달고 날아다니는 아이들 소리들을 보고 싶었던' 어린 시절, 장티푸스와 복막염으로 산기슭 집에 누워 있을 때 바다는 그의 유일한 위로의 대상, 대화의 대상이었다.

바다는 존재의 근원적인 운명을 보여주는 거울이자, 우주의 거대한 모형이며, 삶의 역설을 담은 살아 있는 실체[24]라면 병과 가난과 외로움만 안겨준 고향이었지만, 나무 한 줄기에서 호얏불, 바다에 이르기까지 그의 기억에 있는 풍경들은 잊을 수 없는 내면의 정경들로 자리한다. 즉 바다를 내려다보는 정적의 풍경은 현실에서 느꼈던 단절감이라든가 자아의 고립성에 대한 내면적 표출이라 할 수 있다.

이렇듯 유년의 시간 속에 존재하는 목포 앞바다의 한 장면은 삶의 근간이 되는 원초적 공간으로 이 공간은 그를 시인으로 이끈

---

24) 김수이, 『풍경속의 빈곳』, 문학동네, 2002, p.55.

하나의 정점이 된다. 미끈거리는 바다의 몸을 만지던 시인에게 있
어 바다는 적막한 내면의 풍경을 그려내는 그의 시세계의 근원적
인 공간으로 지속된다.

　　압해도가 나를 부른다.
　　비 오는 날이면 부른다.

　　당집에 당제사가 든 날이면
　　배가 뜨지 않는
　　앞바다.

　　바다 뒤로 바다가 풀뱀처럼
　　숨어서 가고 있고

　　한 마리 까마귀조차
　　보이지 않는 날
　　발자국 소리들이 제멋대로 어지럽게
　　들린다.

　　검은 새떼들의 형체는
　　아직도 남아
　　뼈마디 부딪는 소리를 내며
　　울고 있고

압해도가 우는 날은

내가 우는 날이다.

압해도의 돌담에는 시간만 피어서

나를 부른다.

비오는 날이면

부른다.

—「비 – 압해도 · 12」 전문

"아주 어린 시절 바다는 나의 놀이터였고 원시성이고 나의 시가 태동하고 있는 미지의 세계였으며 바닷가에서 자란 나는 아직도 문학의 그 깊이와 넓이의 성찰을 바다에서 찾는 거나 다름없다[25]고" 말한 바와 같이 바다는 정서의 근원이자 그의 문학의 밑바탕을 이룬다. 장소는 정감어린 기록의 저장고이며 현재의 영감을 주는 찬란한 업적이라면[26] 목포 앞바다나 압해도가 기억의 공간으로 자리잡는 것은 단순한 회상이나 추억이 아니라 그녀의 생의 한 중심으로 오랜 세월 자리잡았다는 것을 뜻한다. 또한 바다 가운데 떠 있는 압해도는 하나의 땅덩어리의 의미를 넘어서 바라보고 동경하는 그리움의 공간으로서 존재한다.

비가 오면 '돌담에는 시간만 피어서 나를 부르는' 압해도는 시적

---

25) 노향림, 「젊은 날의 초상 15」, 『시와정신사』, 2006, 여름호, pp.162~167, 참조.
26) 이-푸 투안, 구동회 · 심승희 옮김, 『공간과 장소』, 대윤, 1999, p.247.

화자가 끝내 닿을 수 없는 불가능의 지평 위에 떠 있는 섬이며 인간의 본질적인 고독과 적막감으로 충만한 공간이다. 뼈마디 부딪는 소리를 내며 까마귀 우는 압해도는 언제라도 나와 함께 울고 슬퍼할 수 있는 공간이다. 특히 노향림의 시에 있어서 비는 그 추억의 공간으로 이끄는 시적 내상물이다.

오랜 몸부림이 끝나고 죽음과 같은 고요가 오고 겨울의 긴 계절이 끝나면 몇 작품의 시가 완성되어 나온다고 노향림이 말했듯이[27] 「봄비 1」, 「봄비 2」와 같은 작품에서는 봄과 비라는 이미지를 통해 자신의 삶의 과거를 돌이켜본다.

이숭원은 「봄비 1」, 「봄비 2」를 신생과 부활의 이미지가 아니라 자책과 회한의 의미로 제시되어 있다고 하면서 아쉬움과 추억의 시라고 정의한다. 또한 봄을 흥겨운 소생의 계절이 아니라 바람이 떠돌고 추억이 배회하는 회한의 공간이다[28]라고 지적한다. 이처럼 이들 작품을 지배하는 자아의 정서적 바탕에는 봄이라는 회한의 공간이 자리하며 또한 비라는 이미지를 통해 그 의미를 드러내 준다.

위의 시 압해도도 비라는 이미지를 통해 추억의 공간을 형상화하는데 이는 바슐라르의 "추억하는 물"[29]의 몽상적 이미지와 관련되어 나타나는 것으로서 비는 가 닿을 수 없는 세계에 대한 그리움이라는 상징적 이미를 지니게 된다. 스스료 물소리를 만들며 까거로 흘러가기도 하며 사진첩을 펼친 듯 환히 어두어져 오는 봄밤

---

27) 노향림, 앞의 글, p.303.
28) 이숭원, 『초록의 시학을 위하여』, 청동거울, 2000, p.293.
29) 바슐라르, 김현 역, 『몽상의 詩學』, 홍성사, 1978, p.219.

으로 이끌리는 것처럼 비가 오는 날이면 나를 부르는 압해도라는
추억의 공간으로 향한다. '배가 뜨지 않는 앞바다'. '바다가 풀뱀
처럼 숨어서 가는' 그 쓸쓸함은 곧 적막한 시인의 내면적 정황이나
움직임을 말하며 이는 지금의 현실에서 느끼는 쓸쓸함이나 적막
함의 근원이 압해도라는 섬과 연관되어 있음을 의미한다. 곧 황량
한 바닷가와 외로운 섬 압해도의 기억 속에서 자신의 고독을 반영
하는 내면의 풍경을 표출한다.

(2) 죽음을 인식하는 고독의 공간

압해도는 우리나라 서남단 다도해에서 육지인 목포시와 가장 가
까운 섬이다. 1992년 노향림은 '압해도'라는 부제가 붙은 60여 편
의 연작 시편으로 구성된 『그리움이 없는 사람은 압해도를 보지
못하네』를 펴낸다.

맑은 날이면 압해도는 안보이네
둔덕 너머 사는 여자들이 허리춤에 제각기
갈쿠리와 그물을 차고 나갔다가
살이 까지거나 허벅지가 긁힌 채
모두 빈손으로 돌아오네

(… 중략 …)

살아서는 아무도 보지 못하는 섬

실눈을 뜨고 그 섬을

몰래 본 사람들은

인기척도 없이 어디론가 사라지네

―「해녀 – 압해도 1」 일부

'노란 물이 든 잇몸을 저희끼리 드러내는'(「집」) 계란 꽃의 모습
이나, '화분에 갇힌 선인장이 밤이면 남몰래 砂漠을 숨겨 가지고
우는'(「화분」) 일은 '天山北路, 아직 가지 않아서 눈이 부시도록 밝
은 달이 떠 있는 그 곳'(「호랑나비를 보다」)을 향한 노향림의 고독과
외로움이라 보았을 때 노향림의 그리움은 추억과 회한에 이르게
된다. 즉 추억과 회환에 이른 기억 속의 섬 압해도는 일상의 무의
미성을 견디며 뜻없이 반복되는 나날의 삶 저 너머에 존재하는 섬
이다. 그러나 그의 고독은 현실에 대한 비극적인 인식으로 인해
더욱더 절망할 수밖에 없다.

노향림의 섬은 '살이 까지거나 허벅지가 긁힌 채 모두 빈손으로
돌아오는' 황폐한 섬이다. 섬을 실눈을 뜨고 바라보면 그 섬을 본
사람들은 어디론가 사라진다는 죽음의 섬이다. 죽음의 냄새가 음
습하게 퍼져 있는 섬 압해도는 인간의 삶이 유한함을 인식해야 하
는 허무와 절망을 내재한 섬이다.

압해도에 한번 들어온 것들은

병명도 모른 채

삭고 있다.

—「달맞이 꽃 핀 - 압해도 66」 일부

익사체 한구 떠오르지 않아

내가 나를 가두어버린

먼 압해도

—「추억 - 압해도 69」 일부

바다가 몸 속 깊숙이 감추어든

수벌들을 날려 보내며

끝없는 죽음을 발신음으로 手話하면

거친 물결이 스스로 몸부림쳐

길이 되어 돌아올 때 쯤

몇 구의 죽음이

희미한 남폿불을 들고 돌아온다.

—「알의 꿈 - 압해도 64」 일부

그의 생의 적막감과 고독감의 배경이 된 목포 앞바다에 떠 있는 섬 압해도는 시적 화자가 끝내 닿을 수 없는 유한한 존재인 인간의 한계점을 깨닫는 공간으로 제시된다. 결국 그녀가 제시한 압해도의 공간은 '내가 나를 가두어버린' 절망의 공간이다. '병명도 모른 채 삭고 있는' 것들이며 '몇 구의 죽음이 희미한 남폿불을 들고 돌아오는' 것이다. 시신을 실은 수레가 산정동 집 창문 옆으로 지나 목포 앞바다에서 수장되는 장의 행렬을 가까이서 보았던 어린 시절의 경험과도 무관하지 않지만, 그보다는 그 행렬을 혼자 바라 보던 고독감이 '나'를 가두는 절망감에 더 많은 영향을 미친다.

인간은 본질적으로 고독한 존재로서 그 고독감에 젖을 때 삶과 죽음을 만나게 된다. 즉 노향림의 기억 속의 심 압해도는 죽음의 소식이 감도는 불길하고 쓸쓸한 섬이다. 그 고독은 죽음 의식에 결부되어 있으며 여기서 노향림이 말한 죽음은 죽음으로 끝나기 마련인 인간의 유한성의 의미를 내포함으로써 인간의 허무와 절망을 더욱 더 절실하게 보여주고 있다.

그러나 고독과 절망은 비극적 자기 인식의 공간에 머무르지 않고 꿈꿀 수 있는 힘의 원천을 획득하고자 한다. 인간이면 누구나 죽음을 면할 수 없는 유한한 존재임에 대한 비극적 인식이 압해도에 대한 그의 시선을 절망에 머무르지 않고 시원을 향한 그리움의 공간으로 표출된다.

⑶ 시원을 향한 그리움의 공간

노향림의 그리움은 어디서부터 존재하는가. 그것은 그가 선택한 저마차고 고요한 풍경이 그의 외로움에서 비롯된 비극적 인식에 기인한 것이다. 현실에 안주하지 못하는 끝없는 불안과 허무 의식 은 떠도는 시간 속을 헤매는 자아를 발견하기도 하며 그 내면의 추억이나 회한 속으로 침잠해 가기도 한다. 그가 닿고자 했던 공간이 추억과 회한의 공간인 이유가 여기에 있으며 그렇게밖에 할 수 없는 존재에 대한 절망감은 더욱 깊어 간다.

압해도 사람들은
압해도를 보지 못하네

이마받이를 하고
문득 눈을 들면

사람보다 더 놀란 압해도
귀가 없는 압해도

반·고흐의 마을로 가는지
뽈테 안경의 아이들이 부는
휘파람 소리

일렬로 늘어선 풀들이
깨끔발로
돌아다니고

집집의 지붕마다 귀가 잘려
사시사철 한쪽 귀로만 풀들이 피는
나지막한 마을

그리움이 없는 사람은

압해도를 보지 못하네

압해도를 듣지 못하네.

—「반 · 고흐의 마을 – 압해도 · 8」 전문

　노향림에게 있어 압해도는 그 섬에서 살았던 실제적인 삶과 연유된 체험적 공간이 아니다. 적막과 고요 속에서 느끼는 고독과 정적의 공간이다. 또한 불길함과 쓸쓸함이 떠다니는 죽음의 공간이다. '사시사철 한쪽 귀로만 풀들이 피고' '일렬로 늘어선 풀들이 깨끔발로 돌아다니는', 바로 코앞에서 이마받이를 하고 보는 '귀가 없는 압해도'이다. 깊고 어두운 내면의 빛깔은 시적 화자의 시선을 바다에서 더 먼 섬으로 확장시키는데 여기서 섬은 실제적 공간으로서의 섬이 아니라 바라보고 동경하는, 일정한 거리가 유지되는 섬이다. 정작 그 섬에 사는 사람보다도 그리움에 사무치는 곳이다. 목포에서 5분 정도의 거리에 있는 압해도를 '내 정신의 주소'라고 밝혔듯이 실제로 그녀에겐 압해도가 그리움의 전부다. 가고 싶은 곳, 내 꿈의 끝, 영원한 시원의 세계이다.

바닷바람 속에는

치아가 누렇게 삭은 작은 꽃이

웃지 않는다.

얼굴 가린 채

흔들린다.

당산나무에는 무감각과 짚꾸러미

지폐 몇닢이

엣날 옛적처럼 묶였다.

목욕재계하고 술잔 올리듯

몇구의

죽음이 엎드려 있다.

후투티가 오지 않는 압해도 였다.

—「후투티가 오지 않는 섬 – 압해도 68」 전문

'치아가 누렇게 삭은 작은꽃' '당산나무에는 무감각과 짚 꾸러미 지폐 몇 닢', '몇 구의 죽음' 등의 풍경으로 묘사한 이 절망의 섬, 압해도로 후투티가 날아와서 갇힌 자아를 풀어 놓아 주기를 기대한다. 그러나 '몇 구의 죽음이 엎드려 있는 압해도'는 후투티가 오지 않는 압해도다. 불길한 징조인 '후투티가 사는 섬을 후투티 새가 오지 않는' 섬이라 믿으며 더욱더 처절한 절망 속에서 끝내 오지 않기 때문에 더욱더 생의 행운의 새로 받아들이고 싶어 한다.

결국은 인간의 꿈이 역설적으로 끊임없는 불행 속에서 그 지향점을 향해 더욱더 구체화되듯이 노향림의 끝없는 꿈꾸기는 압해도라는 비극적 자기 인식의 공간을 통해 내면의 절망과 비극을 만나게 되며 현실적인 아픔과 절망과 상처가 그리움의 공간으로 압해도를 바라보게 한다. 그 그리움은 시원으로 향한 꿈꾸기, 곧 압해도를 향한 끝없는 꿈꾸기인 것이다.

황현산의 지적처럼 노향림 시인에게서 그 시를 쓰는 방법도 주제도, 그 도달점도 그리움이라[30] 했듯이 인간의 삶이 불행의 연속임을 끊임없이 일깨워 주는 노향림의 비극적 세계 인식은 불행감에 늘 섲어 있으면서도 이 세상 아닌 그 무엇에 섲어 꿈꾸는 존재로서의 그리움이며 그 공간으로 압해도는 존재한다.

노향림의 세계는 적막하고 고요하다. 그것은 그가 그려내는 풍경들에서 비롯된 것이기도 하지만, 내면의 정서들이 그러하기 때문에 가능한 것이다. 곧 내면에 존재하는 고독은 병과 가난과 외로움만을 남긴 목표 앞바다를 바라보던 시점과 무관하지 않다. 멀고 아련하기만 하던 그 시점은 추억과 회한만 남지만, 떠도는 시간 속에서 존재에 대한 절망감으로 더욱더 그리움이 가득한 그 세계로의 회귀를 꿈꾸게 한다. 꿈을 꿀 수밖에 없다는 것이 시를 쓰는 이유가 되었듯이 그에게 비극적 자기 인식의 공간을 확보하는 것은 곧 꿈꿀 수 있는 힘의 원천을 획득하게 되는 것이다. 죽음을 인식하는 고독의 공간은 비극적 자기 인식의 공간이며 또한 이 공간이 바로 압해도이며 후투티가 오지 않는 섬이다. 고독과 쓸쓸함으로 창조된 공간 압해도를 향한 그가 보여준 시적 세계는, 선명히고 투명하다. 즉 시는 메마르고 건고한 이미지를 보여줌과 동시에 감각적인 언어들을 통해 감정을 투사하는 정밀한 은유의 기법을 사용한 데에도 있지만 그가 추구하는 시적 세계가 압해도를 향

---

30) 황현산, 「전망의 한 켠을 구성하는 두 여성 시인」, 『문화예술지』, 1993, p.125.

한 꿈꾸기라는, 시원을 향한 그리움에서 비롯되었다고 할 수 있다.

그의 압해도를 향한 꿈꾸기는 유년의 바다에서 출렁이는 적막한 내면의 풍경이자 고독과 절망을 넘어선 그리움이며 그의 시세계를 이루는 중요한 공간으로 압해도는 존재한다.

2. 회귀와 일탈로서의 사회적 현실 공간

1) 문태준 시에 나타난 '집'과 '고향'의 공간 인식

(1) 현재화된 기억의 공간

문태준의 시는 어두워지는 순간의 무렵 기억 속에서 끌어올린 근원의 아름다움에서부터 비롯된다. 기억은 마음에 보존된 하나의 흔적이며 이러한 흔적은 단순한 과거의 회상만이 아니라 그 세계가 복원됨으로써 과거라는 시간의 속박으로부터 벗어난다.

문태준의 시의 매력은 바로 과거라는 시간적 속박에서 벗어난 기억의 현재화에 있다. 기억속의 풍경들은 자신의 실존을 길어 올리는 근원이 되거나 미래에 대한 희망을 부여하는 인식의 산물이다. 특히 가족과 유년에 얽힌 기억은 현재의 결핍이나 고통이 심화 될수록 떠오르는 위안처이자 마음의 지층에 남아 있는 화석처럼 오랜 풍경이 되곤 한다. 그러나 기억이 기억으로서 존재하는 것만이 아니라 지금, 여기에 펼쳐지는 세계가 될 때 그 세계에 대한 객관적 인식의 파장은 더욱 선명해진다.

서정시는 기본적으로 현재시제의 문학이다. 서정시가 즉흥적이며 순간적인 삶의 인식을 주관적으로 형상화시킨 문학이라고 한다면 그것은 시간적으로 '현재성'에 관련될 수밖에 없다. 순간적 감동 혹은 영감이란 과거적 혹은 미래적 실체로 존재할 수 없기 때문이다.[31] 곧 서정시가 지닌 순간의 서정성은 시간적으로 현재성에 밀접하다. 과거의 기억 속에서 끌어올린 시간의 현재성, 순간에 포착되어지는 풍경 속에서 살아 움직이는 미세한 울림이 또한 문태준 시의 특징이다.

문태준의 기억이 머문 곳은 그가 나고 자란 곳이다. '내 몸을 눕히면 봄볕을 받아주던 마루'(「옛 집터에서」), '앞마당 가득 한 사발 하얀 고봉밥으로 환한 목련나무'(「하늘궁전」)가 있으며 '나무의 밑동 같은 눈빛으로 지켜보던 주름이 많은 아버지'(「꽃과 사랑」)와, '내 혼을/ 가장 부드러운 살로/ 혀로/ 핥아주시던'(「혀」) 어머니와, '깻잎처럼 몸을 포개고 울던 누이'(「그림자와 나무」), '내 숨결이 꺼져가는 화톳불같이 아플 때/ 머위잎처럼 품어주던/ 몸에서는 가뭄 끝 개울 물비린내 나던 고모'(「화령고모」)를 떠올릴 수 있는 공간이다. 빛보다 그림자로 살아온 것들에 이끌리어 '제 몸으로 빚은 열매가 파리하게 말라가는 걸 지켜보았을'(「팥배나무」) 나무가 존재하는 기억의 공간이다. 지금의 나는 '빛보다 그림자로 더 오래 살아

---

31) 오세영, 『문학과 그 이해』, 국학자료원, 2003, p.379.

온 것들이 내 눈 속에 붐벼'(「하늘궁전」) 가난한 가슴, 저릿저릿한 빛들이 있던 기억 속으로 가고자 한다. 그곳은 '목련나무 하늘궁전에 가 이레쯤 살고 싶은 꿈'(하늘궁전)이 있는 꽃의 구중궁궐이었으며 '때때로 나의 오후는 역전이발에서 저물어 행복'(「역전 이발」)했던 곳이기 때문이다.

제 몸으로 빚은 열매가 파리하게 말라가는 걸 지켜보았을 나무

언젠가 나를 저리 그윽한 눈빛으로 아프게 바라보던 이 있었을까

팥배나무에 어룽거리며 지나가는 서러운 얼굴이 있었네

—「팥배나무」 일부

말라 가는 열매를 달고 있는 팥배나무를 문태준은 바라본다. '제 몸으로 빚은 열매가 파리하게 말라 가는 걸 지켜 보았을 나무'를 보면서 나를 그윽한 눈빛으로 바라보았을 이 있었을까 떠올린다. 그 순간 '어룽거리며 지나가는 서러운 얼굴'을 만난다. 특별한 장소들이 특별한 기억의 힘을 지니는 것은 무엇보다도 가족사와의 확고부동하고 장기적인 연고 때문이라면[32] 그 서러운 얼굴이란 기억 속의 부모이거나 형제일 것이다. 그림자처럼 그늘지고 파리하게 말라가는 것들을 지켜 보았을 나무처럼 어룽거리며 마음속

---

32) 알리이다 아스만, 변학수 외 옮김, 『기억의 공간』, 경북대학교 출판부, 2003. p.394.

에 젖어 스며드는 얼굴들이다. 기억이란 현재 처한 자신의 처지나 상황이 어렵거나 힘들수록 추억의 이름으로 불려진 현재의 등가물이기도 하다. 따라서 그 공간에 대한 기억은 현재의 자신의 심리적 상태와 밀접한 연관성을 갖는다.

누가 바람을 빚어 낼까요

서쪽에서 불어오던 바람이 산죽의 뒷머리를 긁습니다

산죽도 내 마음도 소란해졌습니다

바람이 잦으면 산죽도 사람처럼 둥글게 등이 굽어질까요

어둠이, 흔들리는 댓잎 뒤꿈치에 별을 하나 박아 주었습니다

—「수런거리는 뒤란」 일부

공적(空寂)과 파란(波瀾)을 동시에 읽어낼 줄 안 이 누구였을까
한 채 집이 할머니 귓속처럼 오래 단련되어도
이 집 뒤란으로는 바람도 우체부처럼 오는 것이니
아, 그 먼 곳서 오는 반가운 이의 소식을 기다려
누군가 공중에 이처럼 푸른 여울을 올려놓은 것이다

—「대나무 숲이 있는 뒤란」 일부

집들은 뒤란을 보여주기 싫어하고 사람은 낯빛을 숨기길 좋아한다

그러나 나는 뒤란이 넓은 집을 보았으니 화령 고모네 집터였다

—「화령고모」 일부

뒤란의 풍경은 낡고 오래된 풍경이지만 추억이 고스란히 남아 있는 공간이며 어둡고 쓸쓸한 그림자를 거느린다. 추억이나 기억의 공간들은 대부분 새롭고 생명력 넘치는 동적 공간이기보다는 낡고 조용한 정적 공간으로 비친다. '서쪽에서 불어오던 바람이 산죽의 뒷머리를 긁어', '내 마음도 소란해 지는' 뒤란은 곧 뒤란의 수런거림은 불어오는 바람으로 내 마음마저 소란해지는 것과 중첩된다. 그러나 문태준의 뒤란의 상상력은 '어둠이, 흔들리는 댓잎 뒤꿈치에 별을 하나 박아 주듯이' 인간은 어둠 속에만 존재할 수 없으며 낯빛을 숨기기를 좋아하는 사람 같은 의미로서의 뒤란이 아니라 품어주고 감싸주는 고모 같은 넓은 뒤란으로서 현실의 결핍의 자리를 되찾고자 한다는 점에서 지향성을 드러낸다. '바람도 우체부처럼 오는 뒤란'은 '푸른 여울을 올려놓은' 공간으로 그 공간으로의 회귀는 과거에 대한 집착이라기보다는 과거 지향적이던 공간을 살아 움직이는 현재형의 시제로 뒤바꿔 놓는다. 집과 뒤란과 고향은 지나쳐 버린 과거가 아니라 지금 여기로 현재화된다는 것이다. 즉 문태준의 기억은 과거의 공간과의 단절이 아니라 현재와 지속되어진 공간이며 그 시간성은 끊임없이 살아 움직이고 변화해 간다.

비가 오려 할 때

그녀가 손등으로 눈을 꾹 눌러 닦아 울려고 할 때

바람의 살들이 청보리밭을 술렁이게 할 때

소심한 공증인처럼 굴던 까만 염소가 멀리서 이끌려 돌아올 때

절름발이 학수형님이 비료를 시고 얼무밭으로 나갈 때

먼저 온 빗방울들이 개울물 위에 둥근 우산을 펼 때

—「비가 오려 할 때」 전문

　　비가 오려는 풍경 안에는 자연의 풍경뿐만 아니라 '그녀가 손등
으로 눈을 꾹 눌러 닦아 울려고 할 때'나 '절름발이 학수 형님이
비료를 지고 열무밭으로 나갈 때'와 같은 모습이 겹쳐 있다. 비가
오려는 순간의 풍경에는 자연저인 풍경이나 마음의 정서들이 하
나의 공간 안에서 공존하며 시인 자신과 관계된 사람들의 이야기
를 현재화함으로써 그 풍경을 구체적이고 실제적으로 그린다. 또
한 둥근 세상의 풍경은 자신이 꿈꾸는 곳이 화해와 공존의 세계이
기를 희망한다.

일제히 응시하는 것들은 구슬프고 무섭다

가난한 애비를 둔 시구들처럼

무리에는 볼이 튼 어린 새도 있었다

어두워지자 팽나무가 제 식구들은 데리고 사라졌다

—「팽나무 식구」 일부

아— 하고 집이 울 때

부르튼 맨발을 가슴에 묻고 슬픔을 견디었으리라

맨발로 하루종일 길거리에 나섰다가

가난의 냄새가 벌벌벌벌 풍기는 움막 같은 집으로 돌아오면

아— 하고 울던 것들이 배를 채워

저렇게 캄캄하게 울음도 멎었으리라

—「맨발」 일부

문태준의 집은 낯익다. '어두워지자 팽나무가 제 식구들을 데리고 사라'지는 것처럼 그 집은 아버지가 낮 동안 식구들을 위해 일을 하다가 어두워지면 돌아오는 공간으로서의 집이다. '들에서 돌아온 아버지'가 '찬물에 발을 씻으며 검게 입을 다무는' 저녁 무렵의 집인 것이다. '언젠가 나를 그윽한 눈빛으로 아프게 바라보던' 아버지에 대한 기억은 그 기억의 시간을 넘어와 '내 뜰과 울타리에도 마르고 곧 젖는 것'들이 있음을 알게 되고 자신의 집도 외할머니의 집처럼 '인기척 없고 뜰팡 하나 없이 집터만 남은 세월'(「옛 집터에서」)로 남을 것이라고 깨닫게 한다. 그러나 결국 집은 '맨발로 길거리에 나섰다'가도 '가난의 냄새가 벌벌벌벌 풍기는 움막 같은 집으로 돌아오면/아— 하고 울던 것들이 배를 채워', '울음도 멎었으리라' 염원하는 곳이다. 고단함과 울음이 배인 삶을 등에 지고 맨발의 아버지가 돌아오는 집이야말로 어두워지는 순간 기억 속에 아버지와 내가 사물의 또 다른 모습으로 드러나는 것처럼 사랑과 추억의 이름으로 만날 수 있는 것이다. '가난의 냄

새가 벌벌벌벌' 풍기는 현실 속에서도 인간의 온기가 존재하기 때
문에 이 인간적 온기로 인해 '울던 것들이 배를 채워', '저렇게 캄
캄한' 울음도 멎을 수 있기 때문이다. 결국 문태준의 기억은 현재
화되어 세상을 끌어안는 따뜻한 정경들로 표출된다.

⑵ 몸을 낮추는 응시의 공간

문학에 반영된 시간은 경험적 시간과 작품 내적 시간이라는 이
중의 의미를 지닌다. 문태준이 보여준 경험의 시간들은 현재화된
기억 속의 시간이자 공간이었다. 이 공간 속에서의 자아는 그늘이
나 그림자, 저녁 어스름의 세계에 천착하고 있다. 인간의 근원적
인 정서를 통하여 인간 존재의 절대적 세계를, 혹은 그리움이나
추억, 현재의 삶을 뛰어넘을 수 있는 시간의 저편을 향한 존재의
모습을 시적 정서로 끌어안으려 한다면[33] 문태준은 자신의 존재를
환히 드러내는 밝음의 세계가 아니라 저음과도 같은 가라앉고 낮
은 어둠의 순간 존재의 이유와 타자와 세상에 대한 깊은 성찰의
시간을 가진다. 사물이 미세하게 변화하는 그 흐름에 자기의 존재
도 같이 흘러가는 방식으로 그 응시의 모습을 보여준다.

갈참나무의 그림자들이 비탈로 쏟아지고 있다
저 검고

---

33) 김수복, 『상징의 숲』, 앞의 책, p.193.

지루한 주름들은 나무 속에서 흘러나왔다

내 몸 속에서 겨울 문틈에 흔들이던 호롱불이 흘러나오고,

깻잎처럼 몸을 포개고 울던 누이가 흘러나오고, 한켠

이 캄캄하게 비어 있던 들마루가 흘러나오고……

—「그림자와 나무」 일부

낮잠에서 깨어나면

나는 꽃을 보내고 남은 나무가 된다

혼(魂)이 이렇게 하루에도 몇 번

낯선 곳에 혼자 남겨질 때가 있으니

—「짧은 낮잠」 일부

응달에,

부엉이의 눈 같기만 한

탱자나무 흰 꽃송이

꽃이 슬퍼보일 때도 있다

—「탱자나무 흰 꽃」 일부

쓸쓸함이 머물다 가는 모습은 저런 것일까요

산그림자가 서서히 따오기의 발목을 흥건하게 적시는 저녁이었습니다

—「따오기」 일부

문태준은 주로 나무나 꽃에서 자신을 돌아보거나 불안한 자기 정체성에 대해 사유한다. 검고 지루한 주름들 속에서 흘러나오는 것들에 대한 감지는 떠나는 것들을 떠나 보내고 남은 나무에 남겨지는 혼 때문이다. '내 마음 끌어다 앉힐 곳 파꽃 하얀 자리뿐'(「엽서」), '생각한다는 것은 빈 의자에 앉는 일/꽃잎들이 떠난 빈 꽃자리에 앉는 일'(「꽃 진자리에」)일 뿐이다. 그래서 그는 '마음의 그늘이 옥말려 든다고 불평하는 사람들은 보아라/나무는 그늘을 그냥 드리우는 게 아니다'(「산수유나무의 농사」)라는 인식과 더불어 '여름 내 무성하던 파란 이파리들 질겁하며 떨군 숲/늑골에 찬 슬픔으로 골자기는 응달 깊고/늦은 오후까지 철길 위 서면 오락가락하는 기차처럼 마음 둘 데'(「사철나무」) 없기 때문에 비워지고 남겨진 자리에서 슬픔과 쓸쓸함에 젖어 '조금씩 바깥으로 흘려보내는 것들을 보는 일은 참으로 슬픈 일이다'(「저녁에 섬을 보다」)라고 말한다.

기억 속의 공간에서 만난 사람들과 옛 집터와 정겨웠던 장소들을 보면서 그 안에서 존재했던 그리고 지금 존재하는 쓸쓸하고 슬픈 자아의 모습을 바라본다. '마을로 내려오면 사람들 살아가는 게 별반 이 나무와 다르지 않았다'는 자기 성찰과 아울러 '바라보면 참회가 많아지는 나무'(「개복숭아 나무」)처럼 자기 자신도 참회의 시간을 갖는다. 결국 그는 사물을 해석하고 형상하하는 과정에서 사물의 이면에 존재하는 오랜 시간의 파동을 세밀하게 포착하여, 그것을 순간적인 '기억'의 형식으로 복원해내고[34] 있는 시인이며

---

34) 유성호, 『한국시의 과잉과 결핍』, 역락, 2005, p.209.

이러한 자아에 대한 깊은 성찰과 참회를 통한 내면의 깊이는 순간
의 시선에 담겨진 서정의 깊이에 기인한다.

논배미에서 산그림자를 딛고 서서
꿈쩍도 않는
늙은 따오기
늙은 따오기의 몸에 깊은 생각이 머물다 지나가는 것이 보입니다

—「따오기」 일부

무논에 써레가 지나간 다음 흙물이 제 몸을 가라앉히는 동안
그는 한 생각이 일었다 사라지는 풍경을 본다
한 획 필체로 우레와 침묵 사이에 그는 있다

—「황새의 멈추어진 발걸음」 일부

내가 만질 수 없을 것들
앞으로도 내가 만질 수 없을 것들
살구꽃은 어느새 푸른 살구 열매를 맺고
이 사이
이 사이를 오로지 무엇이라 부를 수 있을까
시간의 혀끝에서
뭉긋이 느껴지는 슬프도록 이상한 이 맛을

—「살구꽃은 어느새 푸른 살구 열매를 맺고」 일부

따오기의 몸에 깊은 생각이 머물다 지나가는 것을 보는 일이나 흙물
이 제 몸을 가라앉히는 동안 일어났다 사라지는 생각의 풍경을 보는
일은 세계를 물끄러미 응시하는 자아의 모습이다. '세월이야 봉창 뚫
린 집에 한 사나흘 묶었다 가지 마음은 허허벌판에 쏟아지는 우레 같
은 것(「망나니가 건넨 말」)'일 뿐이며 '저무는 나무들의 이파리에 내 맨발
흥건히 젖어들 때 툇마루에 반쯤 걸터앉은 햇빛에는 누군가 살고 있는
것(「내 배후로 夕陽, 夕陽」)이며 '제때 시동 걸리는 것은 生이 아니라는'
(「쥐불을 놓는 사람」) 삶의 관조적 성찰을 가져온다. '길 위에 얹힌 저 두
툼한 맨발이 내 삶을 지고 간다'(「유혹」)라는 인식은 자아의 성찰에서
더 나아가 생과 사의 깊은 깨달음에 다다른다. 성찰의 시선은 '서러울
것 없다 바람 얌전하고 亡者여, 이 세상 저물녘에 둥근 집으로 지고 들
어간 것은 무엇입니까'(「묵정밭에서」)라고 묻게 된다. 즉 자기 성찰과 참
회는 침묵이나 소멸, 죽음까지도 끌어안는 그런 마음의 자리이다.

김천 의료원 6인실 302호에 산소마스크를 쓰고 암투병 중인 그녀가
누워 있다
바닥에 바짝 엎드린 가재미처럼 그녀가 누워 있다
나는 그녀의 옆에 나란히 누워 한 마리 가재미로 눕는다
가재미가 가재미에게 눈길을 건네자 그녀가 울컥 눈물을 쏟아낸다
한쪽 눈이 다른 한쪽 눈으로 옮겨 붙은 야윈 그녀가 운다
그녀는 죽음만을 보고 있고 나는 그녀가 살아온 파랑 같은 날들을 보
고 있다

—「가재미」 일부

집은 우리가 살아가는 삼대 요소의 하나로서 삶의 중심이자 공동체의 상징이다. 집이 있음으로써 우리는 마침내 삶의 안락함과 평안함은 물론 행복을 누릴 수 있으며 또 인간은 서로 서로가 더불어 사는 존재로서의 사랑을 넓혀 갈 수 있는 것이다.[35] 이는 이-푸 투안의 말하는 '장소의 친밀 경험'을 갖게 하는 장소의 의미와 유사한 것으로써 전통적 구조로서의 집의 역할이 가족을 중심으로 하는 친족과의 유대를 돈독히 하며 그와 관련된 추억을 쌓는다고 보았을 때 고향은 세상을 바라보는 자아의 시선을 관조적이면서도 긍정적으로 수용하게 한다.

'꽃이 피고 지는 그 사이를 한 호흡이라 부르는' 시인의 삶에 대한 시선은 '예순 갑자를 돌아 나온 아버지처럼/그 홍역 같은 삶'(「한 호흡」)도 한번 숨을 들이쉬고 내쉬는 일일 뿐이다. '꽃이 피고 지는 그 사이'를 한 호흡에 불과한 시간으로 바라볼 때 그 순간성은 우리가 일상적으로 생각할 수 있는 시간의 개념이 아니다. 일상을 벗어나는 시선이 미세한 자연의 울림을 통해 오히려 시간이 존재하지 않는 순수의 세계에 접목된다. 이러한 자기 성찰의 방식은 자기 성찰에 머무르지 않은 데에 문태준 시의 아름다움이 있다. 그 시선은 '암투병 중인 그녀', '바닥에 바짝 엎드린 그녀' 옆에 나도 가재미로 누워 함께 '파랑 같은 날들'을 떠올리며 따뜻하고도 슬픈 눈빛을 나눌 수 있게 한다. 참회가 많은 나무를 알아보고 져내리는 도토리마저도 나무의 동공이라서 일생에 한 번 터지

---

35) 이재선, 앞의 책, p.323.

는 슬픔으로 읽어내는 마음이야말로 침묵이나 소멸, 죽음마저도 담담히 응시할 수 있었던 자아의 모습에서 비롯된 것이다. 존재의 깊이는 자신만의 세계에 천착하는 정체성이 아니라 끊임없이 삶과 죽음, 경계 밖과 안을 넘나 들 수 있는 관계성에 있음을 문태준의 시는 보여준다. 즉 자아에 대한 깊은 성찰과 참회는 삶의 근원에 대한 통찰과 인식으로 심화되어 세상에 대한 애정뿐만 아니라 삶의 빛을 발견하고자 하는 자에 의해 더욱 빛나게 된다.

(3) 저물녘, 공존하는 사랑의 공간

조금씩 밝음이 몸을 숨기는 순간 문태준의 시는 발화한다. 눈에 들어오는 사물들이 서서히 몸을 지우면서 깊은 존재의 내면을 드러내는, 밝음이 어둠으로 스미는 접점의 시간이야말로 문태준의 시가 꽃피는 시간이다.

시간을 추상화시켜 말한다면 낮은 문명의 시간이자 남자들의 시간이나 저녁이 된다는 것은 낮과 밤의 교차, 경계, 밤의 시간으로 들어가는 문으로 화해의 시간이고 모성의 시간이며 생태학적 시간으로 생명의 가치가 모두 다 존재할 수 있는 시간이며[36] 바로 그 저녁 어스름이 피어나는 순간이 시간에 대한 탐미에 그의 시의 특징이 있다.

---

36) 문태준, 「공존과 내파와 일탈의 시학: 최근 주목받는 시집을 중심으로」, 『시작』, 2004, 겨울호, p.251.

어두워지는 순간에는 사람도 있고 돌도 있고 풀도 있고 흙덩이도 있
고 꽃도 있어서 다 기록할 수 없네

어두워지는 것은 바람이 불어와서 문에 문구멍을 내는 것보다 더 오
래여서 기록할 수 없네

어두워지는 것은 하늘에 누군가 있어 버무린다는 느낌,

오래오래 전의 시간과 방금의 시간과 지금의 시간을 버무린다는 느낌,

사람과 돌과 흙덩이와 꽃을 한사발에 넣어 부드럽게 때로 억세게 버
무린다는 느낌,

어두워지는 것은 그래서 까무룩하게 잊었던 게 살아나고 구중중하던
게 빛깔을 잊어버리는 아주 황홀한 것,

오늘은 어머니가 서당골로 산미나리를 얻으러 간 사이 어두워지려 하
는데

어두워지려는 때에는 개도 있고, 멧새도 있고, 아카시아 흰 꽃도 있
고, 호미도 있고, 마당에 서있는 나도 있고 그 모든 게 있어서 나는 기록
할 수 없네

(… 중략 …)

이상하지, 오늘은 어머니가 이것들은 다 버무려서

서당골에 내려오면서 개도 멧새도도 아카시아도 흰 꽃도 호미도 마당
에 선 나도 한사발에 넣고 다 버무려서, 그 모든 시간들도 한꺼번에 버
무려서

어머니가 옆구리에 산미나리를 쪄 안고 집으로 돌아왔을 때 세상이

다 어두워졌네

—「어두워지는 순간」 일부

어두워지는 순간은 잊어버렸던 기억이 살아나고 구중중한 빛깔이 사라지는 황홀한 시간이다. 그 저녁의 시간은 과기와 미래와 현재가 공존하면서 응달과 그늘 또는 그림자와 같은 존재의 이면이 표출되는 시간이다. 이시간이야말로 고정된 모습이 사라지고 그 이면의 새로운 모습이 드러나고 사물들은 어둠 속에서 본래의 모습을 찾는다.

또한 이러한 어둠이 내리는 순간은 그 공간 안에서 존재하는 것들이 모두 함께하는 시간이다. 즉 어두워지는 순간이 갖는 공간적, 시간적 의미는 모든 것들이 함께 존재할 수 있는 시간대를 말한다. 사람만이 어두워지는 것을 느끼는 것이 아니라 어두워지는 순간에는 존재하는 모든 것들이 스스로의 느낌들을 가지며 어둠에 흘러 각각의 관계로 존재하던 것들이 하나의 덩어리로 존재한다. 어두워지는 것을 느끼는 여러 사물들은 서로 교류되는 동시에 존재하는 것으로 이러한 저녁이야말로 사람이나 사물이 공존하는 세계, 하나가 되는 세계이다.

즉 '오래오래 전의 시간과 방금의 시간과 지금의 시간'과 '사람과 돌과 풀과 흙덩이와 꽃'은 모두 어두워지면서 시간과 사물의 이름이 하나로 버무려진다. 이 버무려짐은 시간이 순차적으로 진행되는 것이 아니라 겹쳐진다는 것으로 시간이 중첩됨을 뜻한다. 낮과 밤이라는 명료하게 대립적인 시간보다는 두 개의 시간이 겹쳐

질 때 그 존재들은 혼합되고 융화됨을 뜻한다.

그러나 이 시간성은 움직이고 변해 간다. 이 순간뿐만 아니라 지금까지 존재를 있게 한 그동안의 시간성이란 것도 곧 멧새도 '좁쌀처럼 울다가 지금은 여울처럼 우는 멧새'가 되듯 그 울음의 소리도 변화하며 성장한다는 것이다. 그런 내적인 시간들은 '어두워지는 순간'에 끊임없이 움직이고 변해가는 존재의 모습을 끌어안는다.

스며들고 번지고 그리고 버무려져 하나가 되는 세계는 환한 것과 어두운 것과 같은 대립적 세계를 허물고, 즉 나와 나 아닌 것을 이루는 경계를 소멸시킨다. 세상의 모든 것들이 하나로 버무려지는 어두워지는 순간, 바로 저녁 빛이 충만한 시간이야말로 모든 것들이 혼합되고 융합된 세계이자 서정성의 세계이다.

'길은 사랑할 채비되어 있지 않는 자에게 길 내는 법'(「굴을 지나면서」)이 없다고 했다. 사랑할 채비란 나란 존재의 확인과 성찰을 통해 세계와 따뜻한 화해를 할 준비가 된 상태이다. 인간과 세계에 대한 따뜻한 시심은 서정의 원리이자 존재와 존재 간의 관계를 깨달아 하나가 되고자 하는 인간 본연의 마음이다. 또한 존재의 관계를 깨닫는 것이 사랑의 섭리라면 존재와 존재 사이에 충만되고자 하는 사랑의 욕구는 채워지지 않는 서늘함으로 드리워질 때 세상에 대한 그리움으로 가득하게 된다. 그 그리움이 문태준에게는 바로 사랑의 이름이다.

우리가 믿었던 중심은 사실 중심이 아니었을지도

저 수많은 작고 여린 순들이 봄나무에게 있다는 말

환약처럼 뭉친 것만이 중심은 아니라는 생각이 들었다

나의 그리움이 누구 하나를 그리워하는 그리움이 아닌지 모른다

물빛처럼 평등한 옛날 얼굴들이

꽃나무를 보는 오후에

나를 눈물나게 하는지도 모른다

—「중심이라고 믿었던 어느 날」 부분

그립다는 것은 '빈 의자에 앉는 일/붉은 꽃잎처럼 앉았다 차마 비워두는 일'(「꽃 진 자리에」)이며 '당신이 조개처럼 아주 천천히 진흙을 토해내고 있다는 말'(「뻘 같은 그리움」)이라고 문태준은 말한다. '세상에서 가장 낮은 저녁빛'(「역전이발」)으로 흐르는 문태준의 시가 우리를, 세상을 진정 '눈물나게 하는지도 모른다'. '꺼져가는 허공, 저렇게 오래 배웅하는 것도 큰 상처가 될 것이다'라는 염려는 순간마다 살아 움직이는 기억의 풍경들이 출렁이는 지금의 시간 안에서 가장 낮은 저녁빛으로 흐르고 흘러 외로운 존재들에게 어두워지는 순간마다 지극한 사랑으로 충만하게 할 것이다. '저것이 나한테 들어 있고, 내가 저것 속에 들어 있어 나 아닌 것, 그러면서 나인 것들을 잘 섬기며 살아야겠다'는 시인의 다짐은 따뜻한 화해와 포용의 시선으로 잔잔한 어둠 속에 스민다. 뭉친 것만이 중심이 아니고 누구 하나만을 향한 그리움만이 그리움이 아니어야 하듯 "말라가면서도 공중에 향기를 밀어 넣는 한 송이 꽃"이야

말로 문태준의 시의 진정한 향기이며 세상의 아름다움이 남아 있는 이유일 것이다.

2) 기형도 시에 나타난 '길'의 공간 인식

현실에 대한 비극적 인식과 죽음의 이미지들로 가득한 기형도의 시는 어둡고 우울하다. 급작스런 죽음 이후 평단의 많은 주목을 받은 그의 시의 특징은 비극적인 세계관, 도저한 부정성, 죽음의 식으로 요약된다.[37] 주로 그의 시에 대한 논의는 시에 나타나는 비극성과 죽음 의식에 집중되고 있으나 『기형도 전집』 발간 이후 평론뿐만 아니라 학위논문에 이르기까지 기형도 시에 대한 다양한 연구가 이루어지고 있다.

어두웠던 유년의 기억, 출구 없는 현실, 전망 없는 미래를 바라보아야 했던 시인의 비극적 세계인식은 낯설고 불안정한 세계에 대한 냉정하고 비정한 내면의식을 엿보게 한다.

따라서 본고에서는 이러한 기형도의 내면세계가 특히 길이라는 공간 의식을 통해 어떻게 표출되고 있는가를 밝히고자 한다. 시적 공간은 문학과 현실의 상호관련성 속에서 작품에 나타나는 구체적인 대상과 사물을 통해 드러나므로[38] 기형도의 시에 있어서 길

---

37) 기형도의 시에 대한 논의는 김현의 시평에서부터 본격적으로 비롯된다고 할 수 있다.
　　김현, 「영원히 닫힌 빈방의 체험」, 『입 속의 검은 잎』, 문학과지성사, 1989.
　　성민엽, 「부정성의 언어, 그 사회적 의미」, 『오늘의 시』, 1989, 하반기.
　　정효구, 「기형도론 : 차가운 죽음의 상상력」, 『현대시학』, 1992. 2.
38) 김은자, 『현대시의 공간과 구조』, 문학비평사, 1998, p.17.

의 의미를 분석하는 것은 그의 시를 이해하는 하나의 접근 방식이 될 수 있다. 길과 관련된 시는 그다지 많은 편은 아니나 편수에 상관없이 시인의 의식세계를 나타내는 길의 의미는 상당한 중요성을 띠기 때문이다. 길은 이곳에서 저곳으로 연결되어 있다는 데서 연속직 의미를 지니기도 하며 출발점과 도착점을 이어 주는 진행형의 공간이다. 또한 길을 걸으며 자신을 돌아보거나 현실에서의 일탈을 시도한다거나 새로운 희망을 간직하고자 하는 의지의 공간으로 길은 많은 작품에 존재해 왔다. 그러나 기형도의 작품 속에 나타나는 길은 출발점도 도착점도 불투명한 정지의 공간이며 절망과 부정적 자아의 내면 의식을 상징적으로 드러내 준다.

회한과 탄식과 절망으로 점철된 기형도의 내면은 고독과 우울한 정체성에 빠져 있을 뿐만 아니라 비극적 상실감에 젖어 있다. 이러한 기형도의 비극적 세계관의 기저에는 유년의 가난과 상처와 고통이 존재한다.

인간의 근원적인 정서를 통하여 인간 존재의 절대적 세계를, 혹은 그리움이나 추억, 현재의 삶을 뛰어넘을 수 있는 시간의 저편을 향한 존재의 모습을 시적 정서로 끌어안으려 한다[39]고 했을 때 기형도에게 있어 유년의 고통스러운 기억은 현실마저도 부정적 세계로 받아들이게 하는 근원적 전망과 상실이 내면적 공간으로 자리한다. 즉 기형도 시에 나타나는 길은 유년의 상처와 고통을 간직한 자아 상실 공간이자 길거리에서 머뭇거리면서 중얼거릴

---

39) 김수복, 『상징의 숲』, 앞의 책, p.193.

수밖에 없는 어두운 단절의 공간이다. 따라서 길이라는 공간은 자아와 세계의 화해 지향이 불가능한 닫힌 공간이자 개별화되고 고립된 곳이다. 절망적이고 비극적인 현실 앞에서 인간은 가장 근원적인 세계로의 회귀를 꿈꾸게 마련이다. 그러나 기형도의 기억 속에 존재하는 과거에 대한 회상은 시적 자아를 더욱 절망에 빠뜨릴 뿐이다. 과거와 현재와 미래가 모두 비극적이라고 인식하는 시인에게는 추억도 기억도 아무런 위로가 되지 못하기 때문이다. 즉 세계에 대한 부정적 자아의식은 돌아갈 곳조차 없는 시인의 절망적 의식세계를 드러낸다. 이러한 시인의 의식세계를 길이라는 공간 의식을 통해 살펴보는 일은 기형도의 시세계를 밝히는 또 하나의 방법이라 여겨진다.

(1) 비극적 자아 인식과 단절의 공간

현실이 자신이 생각하는 이상적인 사회가 못 되고, 또 그것을 적극적으로 대처해 갈 수 없는 절대적인 절망감 속에 빠져 있을 때[40] 그러한 절망감은 비극적 자기 인식을 내포한다.

유고시집이 되고 말았지만 첫 시집의 제목을 기형도는 「길 위에

---

40) 이상호, 『한국현대시의 의식분석적 연구』, 앞의 책, pp.180~181.
　　현실을 부정적으로 인식하고 있을 때 인간이 취할 수 있는 삶의 태도를 크게 세가지 유형으로 집약하고 있다. 첫째 적극적으로 부정적인 현실과 마주해서 그것을 개선하려고 노력하는 유형, 둘째 부정적인 현실과 거리를 가지려는 자세로 과거지향이나 꿈, 순수한 세계에 몰입하려는 퇴행적·은둔적 자세, 셋째 위의 두가지 태도 중에 어떤 것도 용이하지 않거나 자아가 용납하지 않을 때 자아의 무력감이 지나치게 압박해 옴으로써 자아의 비하나 자학, 절망적 인식으로 치닫는 경우가 그것이다.

서 중얼거리다」와 「정거장에서의 추억」 중 하나로 결정하고자 하였다.[41] 기형도의 시 가운데 가장 대표적인 작품이라 할 수는 없지만 시인 자신이 시집 제목으로 고려할 만큼 자신의 시세계를 상징하는 시로서 염두해 둔 것이 아닌가 싶다.

詩作 메모에서 밝히고 있듯이, 그는 '거리에서 시를 만들었고', 한없이 고통스러운 거리의 상상력을 '사랑하였다'. 그의 시편은 길을 거니는 여로에서 관찰하였고 삶의 양태와 아프게 얻어낸 인식들로 채워져 있다.[42] 즉 그의 시에는 길이라는 상징적 공간이 그리 많이 묘사되고 있지는 않지만 거리나 방죽, 언덕과 같은 변형된 이미지로 드러나고 있다.

> 그는 어디로 갔을까
>
> 너의 흘러가 버린 기쁨이여
>
> 한때 내 육체를 사용했던 이별들이여
>
> 찾지 말라, 나는 곧 무너질 것들만 그리워했다
>
> 이제 해가 지고 길 위의 기억은 흐려졌으니
>
> 공중에 희고 둥그런 자국만 뚜렷하다
>
> 물들은 소리없이 흐르다 굳고
>
> 어디선가 굶주린 구름들은 몰려왔다
>
> 나무들은 그리고 황폐한 내부를 숨기기 위해

---

41) 성석제, 「기형도, 삶의 공간과 추억에 대한 경멸」, 『사랑을 잃고 나는 쓰네 - 기형도 추모 논집』, 솔, 1994, p.238.
42) 임태우, 「죽음을 마주보는 자의 언어 - 기형도론」, 『작가세계』, 1991. 9, p.395.

크고 넓은 이파리들을 가득 피워냈다

나는 어디로 가는 것일까, 돌아갈 수조차 없이

이제는 너무 멀리 떠내려온 이 길

구름들은 길을 터주지 않으면 곧 사라진다

눈을 감아도 보인다

어둠 속에서 중얼거린다

나를 찾지 말라…… 무책임한 탄식들이여

길 위에서 인생을 그르치고 있는 희망이여

—「길 위에서 중얼거리다」 전문

이 시의 중심 공간은 길 위다. "길은 실재적 공간이 되기도 하지만 정신적 공간으로서의 삶의 방향과 관련을 맺는다"[43]고 했을 때 기형도에게 있어 길은 어디서 왔는지 어디로 가야 하는지 알 수 없는 어둡고 절망적인 시적 자아의 공간이다. '나는 곧 무너질 것들만 그리워했다'는 중얼거림처럼 무너져 내리는 것들이 현존하는 세계와 그 세계 속에서 서성거려야만 하는 비극적인 존재가 머무는 공간이다. 이 시에서는 긍정적인 이미지들은 찾아볼 수조차 없다. 희고 둥그런 자국만으로 남은 태양, '굶주린 구름', '소리 없이 흐르다 굳'는 물은 생명이 지속되는 상태가 아니며 '흐려진 기억', '무책임한 탄식', '인생을 그르치고 있던 희망'으로 가득하다. 흘러가고 무너지고 사라져 버린 것들을 떠올리는 시적 자아의 내면은

---

43) 이상호, 앞의 책, p.174.

탄식과 절망으로 가득하다. 즉 이 시에서 길은 어둠 속에서 중얼거릴 수밖에 없는 삶과 현실의 무의미성으로 인해 절망에 빠진 비극적 자아의 내면의식을 보여준다. 황폐한 내부를 숨기고 있는 나무의 모습이 바로 이 시의 시적 자아의 모습이다.

이 읍에 처음 와본 사람들은 누구나

거대한 안개의 강을 거쳐야 한다

앞서간 일행들이 천천히 지워질 때까지

쓸쓸한 가축들처럼 그들은

그 긴 방죽 위에서 있어야 한다

문득 저 홀로 안개의 빈 구멍 속에

갇혀 있음을 느끼고 경악할 때까지

(……)

가끔씩 안개가 끼지 않는 날이면

방죽 위로 걸어가는 얼굴들은 모두 낯설다. 서로를 경계하며

바쁘게 지나가고, 맑고 쓸쓸한 아침들은 그러나

아주 드물다. 이곳은 안개의 성역이기 때문이다

—「안개」 일부

이 시는 기형도 시에 나타나는 부정적 공간의 양상을 잘 보여주고 있는 작품이다. 안개가 가득한 방죽은 안개로 인해 시야가 차단되고 사람과 사람과의 소통을 불가능하게 하는 고립의 공간이다.

안개는 보이기는 하지만 그 실체가 없는 존재다. 무(無)와 작품의 상징이기도 한 안개는 생/사의 경계인 그 읍의 정경으로부터 피어 오른다. 그 읍에 사는 사람들은 앞선 자들이다. 지워질 때까지 삶의 의미도 모르고 '편리한 습관'으로 그 길을 가는 자들이고 물화된 삶에 가려 실존 인식 없이 사는 존재들이다.[44] 안개가 음습한 방죽 위로 걸어가는 자들은 긍정적이고 친화적인 존재가 아니다. 낯설고 서로를 경계해야 하는 자들이다. 이러한 현실의 공간은 '쓸쓸한 가축들처럼' 안개의 성역에 갇혀 있다가 사라져야 하는 존재들이 있는 공간이다.

방죽은 어떤 곳인가. 번화한 넓은 거리가 아니라 외지고 한가한 길이다. 지름길이거나 샛길 혹은 도시 변두리의 쓸쓸한 길이다. 이러한 길을 걸어가는 사람들의 대부분은 이 길이 주는 의미와 별반 다르지 않는 사람들이다. 이런 길이라고 해서 다 어두운 이미지만을 갖는 것은 아니나 이 시에 나타나는 방죽의 의미는 단순히 호젓한 길이 아니다. 여공이 겁탈당하거나 취객이 죽어도 트럭이 쓰레기인 줄 알고 무심히 지나쳐 버리는 무섭고도 냉엄한 현실의 공간이다. 즉 기형도의 안개라는 작품 속에 드러나는 방죽이라는 길의 공간은 암울하고 비극적인 현실을 인식하며 안개의 성역 속에 갇힌 자아의 공간이다. 문득 '저 홀로 안개의 빈 구멍 속에 갇혀 있음을 느끼고 경악'하는 자아의 절망적 모습을 엿볼 수 있는 공간

---

44) 최창현, 「한국 현대시 존재탐구의 변모양상 – 김춘수, 박남수, 김종삼, 기형도, 최승호, 황지우, 유하, 함성호, 김언희 시의 탐구대상과 유형분석을 중심으로」, 『어문논집』, 중앙어문학회, 2003. 12, p.218.

이다. 또한 안개 속으로 사라지는 사람들과 달리 자신도 그 안개 속에 갇혀 있다는 사실을 발견하고 근원적 존재의 허무에 빠지게 된다.

어떠한 대상이 그 사물이나 현상을 인식하고 받아들이는 자아의 내면의식과 밀집한 영향이 있다고 보았을 때 어두운 현실적 공간으로서의 길은 고립과 단절을 의미하는 시적 공간으로 이러한 현실 속의 자아는 비극적일 수밖에 없었다.

⑵ 상실과 결핍의 공간

기형도의 내면 세계에 지대한 영향을 끼치는 부정적이고 비극적인 의식은 그의 유년의 기억에 기인한다. 기형도의 유년기 체험은 「겨울 판화」 연작과 「위험한 가계·1969」, 「바람의 집」, 「폭풍의 언덕」, 「달밤」, 「너무 큰 등받이 의자」, 「엄마 걱정」과 같은 작품 속에 병과 가난, 죽음의 그림자가 짙게 드리워진 가족사적 비극으로 묘사되고 있다. 앓아누운 아버지, 신문을 돌리고, 공장에 다니는 누이들, 생계를 위해 늘 집을 비워야 하는 어머니. 이에 따른 가난은 기형도의 어린 시절을 아름다운 추억의 자리로 존재하게 하지 않는다. 또한 어린 시절에서부터 현재까지 지속되는 시적 자아의 절망적 세계 인식은 현실 세계마저도 부정적으로 받아들이게 한다. 자아의 유년시절은 결국 시적 자아를 둘러싼 근원적 절망과 상실을 규정해 주는 현실 세계의 모습이다. 즉 많은 평자들이 지적하고 있듯이 그의 절망적 현실은 그의 유년의 고통스러운 기억과 관련되어 있다.

　　방죽에서 나는 한참을 기다렸다. 가을밤의 어둠속에서 큰누이는 냉이
꽃처럼 가늘게 휘청거리며 걸어왔다

　　(… 중략 …)

　　선생님, 가정 방문은 가지 마세요. 저희 집은 너무 멀어요. 그래도 너
는 반장인데, 집에는 아무도 없어요. 아버지 혼자, 낮에는요. 방과 후 긴
방죽을 따라 걸어오면서 나는 몇 번이나 책가방 속의 월말 고사 상장을
생각했다. 둑방에는 패랭이꽃이 무수히 피어 있었다.

—「위험한 家系 · 1969」 일부

　　나는 헝겊 같은 배를 접으며 이 악물고 언덕위에 섰다

　　(… 중략 …)

　　다음날이 되어도 아버지는 돌아오지 않았다. 그리고 그날 이후 나는
폭풍의 밤마다 언덕에 오르는 일을 그만두었다. 무수한 변증의 비명을
지르는 풀잎을 사납게 베어 넘어뜨리면서 이제는 내가 떠날 차례였다

—「폭풍의 언덕」 일부

　　어두운 유년의 기억의 대부분은 병든 아버지에 대한 추억과의

관련이 많은 비중을 차지한다. 유년을 회상하는 시편의 제목을 보더라도 집이나 가족에 대한 기억이 일상적으로 생각되어지는 따뜻한 휴식과 정신적 위안이기보다는 고통과 상처를 떠올리게 한다. 방죽과 언덕이 가까이 있는 집 주위의 환경은 중심에서 벗어난 변두리의 생활을 엿보게 하며 생계를 책임저야 하는 가장인 아버지가 낮에도 집에 있거나 아니면 부재하는 상황은 그 가정의 생활이 평탄하지만은 않음을 보여준다. 자랑과 기쁨이 되어야 할 상장을 가방에 넣고 긴 방죽 길을 걸어오는 하교 길은 결코 즐겁지만은 않다. 담임선생님의 가정방문을 회피하고 싶은 마음과 누이를 기다리는 적막한 기다림의 길이다. 또한 언덕은 '헝겊 같은 배를 접으며', '폭풍의 밤마다'로 오르는 곳이었다. 가난과 외로움은 가장 근원적이고 원초적이어야 할 관계에서 채워지지 않는 결핍이 되었으며 '이제는 내가 떠날 차례였다'는 길 떠남의 의식으로 이어진다. 즉 그의 길 떠남의 의미는 바로 유년의 가난과 불행의식과 관련된 자아의 상처와 아픔에 연유한다. 이러한 기형도의 부정적이고 절망적인 유년의 체험은 현재에서도 자아의 존재 방식이 된다.

집을 버리는 삶의 인식은 돌아가는 길마저 잃어버리게 한다. 왜냐하면 그의 가계(家系)는 안식의 모태로서의 역할을 수행하는 '집'의 기능을 애초부터 상실하고 있었기 때문에 그의 내면에는 어느 순간부터 집이 존재해 있지 않는 것이다. 삶의 모태로서 바람으로 흔들리는 집의 의미는 그의 시에서 결코 지워지지 않은 채 지속성을 갖고 있기 때문이다. 집이라는 근원적 안식처가 없는 시인은 '거리'를 헤매는 고통스러운 삶 속으로 스스로를 던져 넣는다.[45] 길이라는 공간 요소와 집이라는 공간 요소는 분리되기보다는 연속되거나 상응하며, 시인의 실존적 의미를 형성하는데 핵심적인 역할을 한다. 즉 집의 기능 상실과 길 떠남의 의식은 그의 기억속의 상실감과 결핍감에 깊이 연관되어 있다.

기형도의 내면은 유년의 아픔과 상처, 그로 인한 결핍으로 점철되어 있으며 유년의 기억에 끊임없이 지배를 받아 고통받을 뿐만 아니라 유년의 현존을 드러낸다. 즉 유년과의 합일보다 유년시절에 겪은 고립, 결핍, 상실 등의 부정적 의식이 대부분을 차지한다.

이러한 유년의 결핍과 상처는 단순한 기억의 고통만이 아니라 현실 속에서도 '나를 한번이라도 본 사람은 모두/나를 떠나갔다, 나의 영혼은/검은 페이지가 대부분이다.'(「오래된 書籍」), '나는 인생을 증오한다'(「장미빛 인생」), '나는 불행하다'(「진눈깨비」) 등의 시행에서 볼 수 있듯이 자조적 현실 인식과 비극적 자아의 의식 세계의 근원이 된다. 즉 유년은 가난의 공간이자, 상실의 공간이자, 결핍의 공간으로 길이라는 공간을 통해 시적 자아의 의식 세계를 엿보게 한다.

(3) 절망적 회귀의 공간

기형도의 작품세계를 이끌어가는 핵은 행복의 원초적 세계와 그

---

45) 엄경희, 「상자 속에 채집된 아이러니적 존재 – 기형도론」, 『행복한 시인의 사회』, 이화현대시연구회 편, 소명출판, 2004, p.305.

리로 돌아갈 수 없는 현실간의 비극적 단절이 빚어내는 시간성에 근거하고 있는데, 우리는 그것을 '상실 의식' 또는 '회귀 의식'이라[46] 했듯이 기형도의 시에 나타나는 비극은, 시인은 돌아가고자 하나 돌아갈 길조차 없었다는 데에 있다. 즉 기형도의 시는 세계의 상실과 이에 따른 회복의 열망 사이의 길 찾기와 그 좌질의 기록이다.

미안하지만 나는 이제 희망을 노래하련다

마른나무에서 연거푸 물방울이 떨어지고

나는 천천히 노트를 덮는다

저녁의 정거장에 검은 구름은 멎는다

그러나 추억은 황량하다, 군데군데 쓰러져 있던

개들은 황혼이면 처량한 눈을 껌벅일 것이다

물방울은 손등 위를 굴러다닌다, 나는 기우뚱

망각을 본다, 어쩌다가 집을 떠나왔던가

그곳으로 흘러가는 길은 이미 지상에 없으니

추억이 덜 깬 개들은 내 딱딱한 손을 깨물 것이다

구름은 나부낀다.

얼마나 느린 속도로 사람들이 죽어갔는지

얼마나 많은 나뭇잎들이 그 좁고 어두운 입구로 들이닥쳤는지

내 노트는 알지 못한다, 그동안 의심 많은 길들은

---

46) 박철화, 「집 없는 자의 찾기, 혹은 죽음 – 기형도론」, 『문학과 사회』, 1989. 가을, p.1095.

끝없이 갈라졌으니 혀는 흉기처럼 단단하다

물방울이여, 나그네의 말을 귀담아들어선 안 된다

주저앉으면 그뿐, 어떤 구름이 비가 되는지 알게 되리

그렇다면 나는 저녁의 정거장을 마음속에 옮겨놓는다

내 희망을 감시해온 불안의 짐짝들에게 나는 쓴다

이 누추한 육체 속에 얼마든지 머물다 가시라고

모든 길들이 흘러온다, 나는 이미 늙은 것이다.

—「정거장에서의 충고」 전문

이 시에서 시적 자아는 희망을 노래하려고 한다. 그러나 그의 시에는 희망보다는 죽음의 냄새가 스며 있으며 또한 황량한 추억을 떠올린다. 즉 정거장이라는 공간은 새로운 길 떠남의 의미를 내포하기도 하지만 되돌아가는 길을 생각해 보는 중간적인 공간이다. 이런 공간에서 시적 자아는 돌아갈 수 없는 자의 절망과 마주하게 된다. '황량한 추억'과 '집으로 갈 길이 흘러 가버린' 길 위의 정거장에서 희망의 징후를 말하려 했으나 그것은 실낱 같은 희망일 뿐 '희망을 감시해온 불안의 짐짝'들이 머물다 사라진 늙은 몸이 서성이는 공간일 뿐이다.

이러한 희망의 대립된 개념으로서의 추억은 그의 정신세계를 지배했던 두 개의 대립 항들로서 그의 의식은 끊임없이 현실과 비현실이라는 위험한 경계 지점에서 맴돌았고, 그것이 추억 또는 낯선 기억이라는 형태로 시인의 의식 밖으로 퉁겨져 나왔다.[47] 또한 이러한 두개의 대립 항에는 과거 속의 고통의 근원이었던 부정적인

아버지와 기다림 가운데서도 연민과 애틋함으로 남아있는 어머니
가 공존한다. 그러나 어머니에 대한 연민도 결국은 기억 속의 과
거의 상처와 결핍을 메우기에는 부족하였으며 이러한 이중의 기
억은 품어볼 수조차 없는 희망에 대한 미련이자 절망의 길로 현재
의 내면에 존재한다.

> 이쁜 달〔月〕이 노랗게 곪은 저녁,
>
> 리어카를 끌고 新作路를 걸어오시던 어머니의 그림자는
>
> 달빛을 받아 긴 띠를 발목에 매고, 그날 밤 내내
>
> 몹시 허리를 앓았다.

—「달밤」 일부

비록 달마저도 노랗게 곪은 저녁일지라도 어머니의 집으로의 귀
환은 그의 유년에 있어 긍정적인 요소의 하나로 자리한다. 아프고
힘들었던 기억 속의 유년일지라도 어머니라는 존재는 연민과 안
타까움이 함께한 자리로 존재한다. 이러한 어머니의 부재 상황은
어린 화자가 겪는 일과성의 체험에 그치는 것이 아니라 그의 무의
식적 핵심에 자리잡고 그를 부단히 원래의 자리로 되돌아가게 하
는 원초적 장면이 되게 한다.

기억 속의 집으로의 퇴행은 희망과 꿈을 상징하는 긍정적 미래
로 나가는 것이 불가능한 일이었을 때 선택할 수 있는 내면의 의

---

47) 강진호, 「문인의 죽음과 문학의 운명 – 요절로 문학을 완성한 기형도와 김소진의 문학」,
『문예중앙』, 1997. 가을, p.443.

식 행위 중의 하나이다. 절망적이고 비극적인 현실 앞에서의 위로
와 위안은 과거로의 회귀를 꿈꾸게 한다. 그러나 과거로의 회귀는
현실적으로 불가능하다. 그것은 의식 혹은 기억 속에서만 가능하
기 때문에 이루러질 수 없는 현실 의식 속에 내재해 있는 시적 자
아를 더욱 절망에 빠뜨릴 뿐이다.

밤 세시, 길 밖으로 모두 흘러간다 나는 금지된다

장마비 빈 빌딩에 퍼붓는다

물위를 읽을 수 없는 문장들이 지나가고

나는 더 이상 인기척을 내지 않는다

(… 중략 …)

장마비, 아버지 얼굴 떠내려오신다

유리창에 잠시 붙어 입을 벌린다

나는 헛것을 살았다, 살아서 헛것이었다

우수수 아버지 지워진다, 빗줄기와 몸을 바꾼다

아버지, 비에 묻는다 내 단단한 각오들은 어디로 갔을까?

번들거리는 검은 유리창, 와이셔츠 흰빛은 터진다

미친듯이 소리친다, 빌딩 속은 악몽조차 젖지 못한다

물들은 집을 버렸다! 내 눈 속에는 물들이 살지 않는다

—「물속의 사막」일부

나를 끌고 다녔던 몇 개의 길을 나는 영원히 추방한다 내생의 주도권을

제 마음에서 육체로 넘어 갔으니 지금부터 나는 길고도 오랜 여행을 떠날

것이다. 내가 지나치는 거리마다 낯선 기쁨과 전율은 가득 차리니 어떠힌

권태도 더 이상 내 혀를 지배하면 안된다

—「그 날」 일부

어디로 흘러가느냐, 마음 한 자락 어느 곳 걸어두는 법 없이

희망을 포기하려면 죽음을 각오해야 하리, 흘러간다 어느 곳이든 기척 없이

—「植木祭」 일부

그의 길들은 멀리서 흘러왔다. 그리고 그를 끌고 다녔던 몇 개의 길을 그는 '영원히 추방'하고자 한다. 추방하고자 하는 길에 아버지가 떠오르는 빗속의 길이 그의 앞에 흘러내린다. 유리창으로 흐르는 아버지의 길이 곧 시적 자아의 길이다. 유년 속의 아버지의 존재에서 떠나 왔다고 생각했으나 장맛비 퍼붓는 유리창에는 어느새 떠내려간 집과 그리고 아버지의 삶이 보인다. 그렇게도 인정하고 싶지 않았던 존재의 길이 다름 아니라 나의 길과 별반 다르지 않았을 때 그의 내면은 비관적일 수밖에 없다. '나는 아버지였다', '나는 헛살았다'라는 인식은 내면 의식 안에 자리한 추억이 지금의 자신을 감금하는 고통과 같은 의미일 뿐이다. 즉 기형도의

시에 나타나는 시적 자아는 유년의 기억에 끊임없이 지배를 받고 그로 인해 고통을 느낀다.

그는 왜 그렇게 황량한 추억에 연연했는가. 그것은 기형도의 과거의 기억이 부정적이고 절망적인 유년의 체험과 함께 현재의 삶에 있어서의 존재 방식이 되기 때문이다.

어두운 현실 속에서의 자기 구원의 노력은 방랑·향수 이외에 즐거웠던 과거를 회상하므로 정신적 안식을 구하고자 하는 데서 찾을 수 있으며 방랑이 새로운 세계에로 나가려는 탐색 행위라면 향수는 화해로웠던 고향으로 돌아가려는 의지와 관련이 있는데[48] 기형도에게 있어 과거에 대한 기억은 향수도 추억도 되지 못한다. 전망 없는 미래와 고통스러운 과거를 함께 품은 자의 절망은 오히려 미래에 대한 전망보다 과거에 고착되어 현실 인식에도 영향을 미쳤으며 그러나 그의 의식은 어떠한 위로나 위안도 되지 못하는 유년의 기억 속으로의 회귀 역시 불가능함 깨닫는다. 기형도는 어디로든 결코 도달할 수 없는 근원적 한계에 절망한다.

기형도는 어둡고 절망적인 현실을 살아내야 했던 짧았던 삶만큼이나 비극적 시세계를 보여준 시인이다. 그의 시집에 전반적으로 흐르고 있는 우울한 분위기는 많은 평자들에 의해 내면의 비극성과, 부정적 인식, 죽음의 강렬한 이미지로 그의 시적 특징을 규명하게 하였다. 물론 그의 시에서 희망의 요소를 찾아내려는 노력이 없었던 것은 아니나 낯설고 불안정한 세계에 대한 한 젊은 시인의

---

48) 이상호, 앞의 책, p.262.

냉정하고 비정한 내면 의식을 밝히는데 많은 논의들은 그 초점이 맞추어졌다. 즉 기형도 시에 대한 기존의 평가는 주로 그의 죽음과 관련된 비극적 세계관에 기인한다. 기형도에게 현실이라는 것은 하나의 공포였고 또한 그런 현실 속에서 머뭇거리기만 한 '청춘'은 그에게 탄식밖에 안겨준 것이 없었다. 부정적 세계 인식과 절망으로 가득한 기형도의 내면은 따라서 비극적 상실감에 젖어 있을 수밖에 없었다.

기형도의 비극적 세계관의 기저에는 유년의 가난과 상처와 고통이 존재한다. 유년의 고통스러운 기억은 현실마저도 부정적 세계로 받아들이게 된다. 곧 위안과 추억으로서의 집의 상실은 결국 시적 자아를 둘러싼 근원적 절망과 상처로 남았으며 이 상처는 현실 속에서의 그의 존재의 모습으로 존속한다.

안개 자욱한 방죽은 현실의 공포와 폭력이 잠재해 있는 공간으로 사람과 사람 사이의 단절과 고립이 오히려 자연스럽기까지 한 곳이다. 이런 길의 인식은 결코 희망을 노래할 수 있는 길이 아니다. 기형도에게 있어 길은 길거리에서 중얼거릴 수밖에 없는 비극적 자아 인식의 공간이며 자아와 세계의 화해 지향이 불가능한 닫힌 공간이자 개별화되고 고립된 곳으로 단절을 의미하는 시적 공간이다. 곧 어두운 유년의 상처와 고통을 간직한 자아의 상실의 공간이자 유년의 기억이 지배하는 현실 속의 길은 그를 어디로든 떠나게 하는 자유마저도 구속하고 탄식하게 하는 상처와 결핍의 공간이다.

누구에게나 희망은 현실의 괴로움과 상관없이 가슴 뿌듯하고 벅찬 일일 것이다. 그러나 기형도에게 있어 희망은 생각하면 할수록 가까이 다가갈 수 없는 것이며 그럴수록 더욱 절망에 가 닿는 비극의 다른 이름이다. 미래가 없는 비극적인 현실 앞에서의 위로와 위안은 과거로의 회귀를 꿈꾸게 한다. 그러나 기형도의 과거로의 회귀는 시적 자아를 더욱 절망에 빠뜨릴 뿐이다. 추억도 기억도 아무런 위로가 되지 못하고 희망을 노래하려 하나 현실마저도 미래도 없는 고통일 뿐이었을 때 돌아갈 곳조차 없는 기형도에게 길은 절망적 회귀의 공간이었다.

3. 자아 해체와 소통으로서의 가상 공간

1) 이원 시에 나타난 사이버 공간 인식

컴퓨터 기술의 발전은 인간의 삶의 방식에 획기적인 전환을 가져왔다. 컴퓨터라는 매체의 가상 공간에서 현실화되는 세계는 '극단적으로는 디지털 시스템이 생활을 전체적으로 제어할 뿐 아니라 인간의 인식과 판단 능력까지도 조종할 수 있는 세계'이다.[49] 이원의 두 번째 시집 『야후!의 강물에 천 개의 달이 뜬다』에는 사이버 시대에 관한 많은 시들이 실려 있다. 기존의 시와는 다른 새로운 시적 상상력을 보여주고 있다. 즉 이원의 시는 디지털 문명으로 인한 주체적 인간으로서의 의식의 변화에 대해 성찰한다. 우

---

49) 이혜원, 「디지털 시대와 시의 대응방식, 이원의 시를 중심으로」, 『어문학』 86집, 한국어문학회, 2004, p.376.

리에게 익숙하게 경험되어진 현실이 현실보다 더 현실적인 가상 세계에서 구현되었을 때 이러한 세계에 대한 환상과 갈등 사이에서 주체적 자아의 실존의 문제를 심각하게 제기한다. 생물과 기계가 결합되어 인간이 사이보그화되는 가상 세계의 현실은 주체적 자아의 해체를 의미하며 디지털 문명이 초래할 인간의 근원적 위기를 새로운 시적 공간에서 표출한다.

이원의 시는 사이버 상에 발표되거나 새로운 실험으로서의 하이퍼텍스트 시는 아니나 디지털 문명이 가져오는 주체로서의 실존적 문제 의식과 그 위기 의식에 대한 시적 상상력을 가상의 사이버 공간에서 발견한다는 데서 디지털 시대의 시의 특징을 보여준다. 실제로 존재하지는 않지만 그 존재성을 느끼게 하는 비물질적, 탈시공간적인 사이버 공간에서의 가상 현실과 사이보그화된 인공 육체의 문제를 그 특징의 하나로 이원의 시를 살펴보고자 한다.

(1) 가상 현실로서의 전자 사막

이원의 시에 등장하는 인간은 가상의 공간 안에서 배회한다. 낭만적 혹은 일탈적 배회가 아니라 컴퓨터의 인터넷에 접속된 '사이버 공간'[50]에서 끊임없이 떠돈다. 우리가 익숙한 경험적 세계나 가치 있는 이상적 세계에 대한 부정적 인식은 감정마저도 칩에 의존해야하는 냉혈한 인간의 모습을 그려냄으로써 가상세계의 현실과 현대인의 소외와 절망을 역설적으로 드러내고자 한다.

전자 사막에서 유목하며 살아남기 위해

노새를 살까 양을 살까

낙타 한 쌍을 살까

흰털이 고불거리는 양 열 마리에

양치기 개인 코리종도 함께 살까 외로움은

낙타의 육봉에 넣어둘까 양의

꼬리에 넣어둘까

(… 중략 …)

h의 DNA에 내 유전자의 일부를 잘라 붙인

복제아기 신청서를 낼까 오욕칠정을 가진

키가 185cm까지 자라는

사내애 하나와 검은 곱슬머리를 가진

쌍둥이 계집애 둘을 주문할까

증발되기 쉬운 물질인 나를

일몰 무렵의 안락사로 예약해 놓을까

—「전자 사막에서 살아남기 위해」 일부

---

50) 사이버공간에 대해 랜들 월서(Randal Walser)는 다음과 같이 정의 하고 있다. "사이버페이스란 통신매체가 있음으로써 아울러 존재하는 현상이며, 그것은 물리적 공간과 유사하다. 물리적 공간은 대개 여러 가지 실물로 채워져 있지만, 사이버페이스는 가상적인 물건들로 채워져 있다."는 것이다. 또한 "사이버페이스라는 매체는 사람들을 가상공간으로 모이게 할 수 있으며, 사이버네틱 시뮬레라는 대화형식의 시뮬레이션을 통해 참가자 개개인에게 자신의 육체가 가상공간에 있다는 느낌을 준다"고 지적한다. 랜들 월서, 「사이버페이스 극장의 구성요소」, 산드라 헬셀, 쥬디스 로스 편저, 노용덕 옮김, 『가상현실과 사이버 스페이스』, 세종대학교 출판부, 1994, p.96.

물리적 공간과 사이버 공간을 비교할 때, 현실 세계가 물질적인 공간이라면 사이버 공간에서 구현되는 가상 현실의 세계는 비물질적인 공간이다.

비물질적인 가상 공간은 직접 보는 것이 아니라 보고 있는 것처럼 의식되는 시뮬라르크한 공간이다. 이러한 공간은 문학의 상상력에도 영향을 미치는데 즉 전자 사막은 '물질적 상상력이 비물질적 상상력으로 전의'되는[51] 가상 현실에서의 공간이다.

사이버 스페이스를 '가상 공간'이라 부를 때, 여기서의 ' 공간'이란 어떤 물체가 차지하는 현실적 공간을 의미하는 것이 아니고, 실제의 하드웨어적인 공간과는 다르지만, 무엇인가가 존재하고 작동해서 마치 실제 공간처럼 여겨지는 공간[52]이며 가상 현실은 "효력 면에서는 실제적이지만 사실상 그렇지 않은 사건이나 사물"[53]을 의미한다.

이원은 현대인들을 유목민에 비유하고 있다. 물과 풀을 따라 거처를 옮겨 다니며 소나 양 따위의 가축을 기르는 유목민의 삶처럼 나와 너는 짐을 싸서 어디론가 가야 하는데 그러한 유랑적 삶의

---

51) 이용욱, 『문학, 그 이상의 문학 – 사이버문학론에 대한 연대기적 보고서』, 역락, 2004, p.41.
52) 마이클 하임, 『가상현실의 철학적 의미』, 책세상, 1997, pp.59~60.
53) 마이클 하임은 시뮬레이션, 상호작용, 인공성, 몰입, 원격현전, 온몸몰입, 망으로 연결된 커뮤니케이션을 가상현실의 특징으로 설명하고 있다. 마이클 하임, 위의 책, pp.182~189 참조.
   또한 마이클 스프링은 가상현실은 컴퓨터를 연결하는 인터페이스의 일종이며, 인간이 부분적으로 제어하는 환경 시뮬레이션의 특징을 지닌 인터페이스의 한 형태며, 가상현실에서 참가자가 얼마나 자연스럽게 현실감을 느낄 수 있는가를 가상현실의 특징으로 설명하고 있다. 마이클 스프링, 「가상현실과 종합적 정보전달」, 산드라 헬셀, 쥬디스 로스 편저, 노용덕 옮김, 앞의 책, pp.26~29, 참조.

공간이 사막, 더군다나 전자 사막이라는 것이며 이러한 전자 사막에서 우리는 사이버 시대의 유목민임을 나타낸다. 이원은 전자 사막에서 살아가기 위해서는 무엇을 해야 할지를 다양하게 고민한다. 가축을 기르며 떠돌며 직접 보고 느끼던 물리적 공간에서의 유목이 전자 사막이라는 비물질적 가상 공간에서는 '외로움은 어디에 넣어두어야 할지', '복제아기 신청서를 내야 할지', '나를 안락사로 예약해 놓아야 할지'를 고민하게 한다.

즉 이 시는 인간이 새로운 전자 세상에서 살아남기 위해서 지금까지와는 전혀 다른 그 무엇이 필요하다는 절박한 인식과, 그러나 그것이 무엇인지 알지 못하는 혼돈의 상태를 흥미롭게 보여준다.[54] 전자 사막에서의 유목은 지금까지의 선형적인 시간이나 고정된 공간의 개념을 벗어나 가상 공간에서의 삶의 한 양식을 나타낸다.

사이버 공간은 시 공간을 자유롭게 넘나들 수 있는 비현실적이면서도 환상적인 공간이다. 현실과 환상의 넘나듦은 그러나 결코 행복한 유랑이 아니다.

---

54) 이남호, 『문자제국쇠망약사』, 생각의 나무, 2004, p.18.
　　이남호는 삶의 근원을 뒤바꾸는 전자혁명 속에서 필요한 것이 무엇이며 전자사막이 어떤 곳인가에 대해 전자시대의 예언자 마셜 맥루한의 이론을 인용해 설명하고 있다. 맥루한은 이미 반세기전에 전자 혁명과 전자 시대의 도래를 예측했는데 무선전화나 복사기나 인터넷이 세상을 근원적으로 변화시킬 것이며 전자기술에 의존한 미디어와 대중문화의 세상이 되리라는 것이다. 그러나 이상과 문자문화를 부정하고 전자문화가 인간의 온존성과 세계의 평화 그리고 조화를 가져올 것이라는 맥루한의 낙관적인 생각은 터무니 없음을 지적한다.

나는 세계를 연속 클릭한다

클릭 한 번에 한 세계가 무너지고

한 세계가 일어선다

해가 떠오른다 해에도 칩이 내장되어 있다.

(… 중략 …)

프린터 아래의 내 무릎 위로

쿠폰이 동백 꽃잎처럼 뚝 떨어진다 나는

동백 꽃잎을 단 나를 클릭한다

검색어 나에 대한 검색 결과로

0개의 카테고리와

177개의 사이트가 나타난다

나는 그러나 어디에 있는가

나는 나를 찾아 차례대로 클릭한다

광기 영화 인도 그리고 나…… 나누고

……나오는…… 나홀로 소송…… 또나(주)……

나누고 싶은 이야기…… 지구와 나……

띠다 띠다 쌍봉낙타의 발굽소리가 들린다

오아시스가 가까이 있다

계속해서 나는 클릭한다 고로 나는 존재한다

—「나는 클릭한다 고로 나는 존재한다」 일부

컴퓨터의 가상 세계 속에서 접속되는 존재들은 순간적이며 '컴퓨터 속에서 보고 느끼고 주문하며 대화하는 것들은 모두 유령적'이며 '둔중하고 확고하며 실체감이 있어야 될 것들이 여기서는 전부 금방 나타났다가 사라지는 환영으로만 존재한다'[55]고 했을 때 그 세계 속에는 정신적·육체적 실체로서의 '나'는 존재하지 않고, 기호 혹은 검색어로서의 '나'만이 존재할 뿐이다. 그러므로 '나는 클릭한다 고로 나는 존재한다'라는 명제는 자신의 주체적 정체성을 확연히 인식할 수 있는 데카르트적인 주체와는 다른 존재[56]로 이 시에서의 나란 존재는 일시적인 존재이다. 즉 가상 공간 안에서는 '나는 생각한다, 고로 존재한다'라는 명제가 '나는 클릭한다, 고로 나는 존재한다'로 대치된다. 가상 이미지만 존재하는 현실에서의 나란 결코 인식의 주체가 될 수 없다. 컴퓨터 화면상의 클릭에 의해서만이 나타났다 사라지는 존재이다. 인터넷 공간 속에서의 나는 177개의 사이트에 존재하지만, 실체가 없는 나이다. 가상의 이미지만이 존재하는 세계에서 나는 단지 클릭을 통해서 '한 세계가 무너지고', '한 세계가 일어서는' 것을 경험할 수 있을 뿐이다. 이런 세상 속에서의 나란 '진공 포장되어 장기 보존되고 있는 것'이며 '오래전 저장된 게임'(「나는 검색 사이트 안에 있지 않고 모니터 앞에 있다」)에 불과한 존재이다. 가상 현실도 분명 또 하나의 현실이 될 수 있다. 이 현실은 네크워크를 통해 연결된 하나의 창

---

55) 신범순, 「사이버 시대 시의 유령적 초상과 창조적 고민의 소멸」, 이선이 편저, 『사이버문학론』, 월인, 2001, p.16.
56) 이광호, 「전자사막에서의 유목」, 『야후!의 강물에 천개의 달이 뜬다』, 문학과지성사, 2001, p.140.

으로 동시적 상호 접속이 가능한 현실이다. 이러한 현실 속에서 접속되어진 나는 정신적, 실재적으로서의 내가 아닌 검색되어지는 나이며 그러한 나란 존재는 계속 클릭을 해야만이 그 존재성이 실현될 수 있다. 마우스 클릭을 통해 자신의 존재를 확인해야 하는 '나'는 결국 디지털 유목민이 되어 진자 사막을 떠돌 수밖에 없는 비극적 존재이다.

이곳에서는 허공을 만질 수는 있어도
서로의 몸이 만져지지는 않습니다

—「사막을 위한 변주」 일부

몸 속에 자동 응답기를 설치하고
버튼을 외출로 눌러놓고

나는 한낮의 햇빛 속으로
양을 치러 간다

—「사막에서 1」 일부

　사막이라는 공간은 광활하고 끝이 없으며 거친 삶을 연상시키는 공간이다. 안정적이고 편안한 일상의 삶과는 대조적인 이미지다. 즉 사막은 삶의 양태가 불안전하며 영구적인 정착이 불가능한 공간이다. 따라서 물이 있는 곳을 찾아 떠돌 수밖에 없다. 이러한 사막에서의 삶이란 유랑적이다. 디지털 매체 속에 구현되는 공간은

실재 공간과는 구별되는 가상 공간이며 가상 현실은 가상으로 존
재하는 현실이다. 즉 전자 사막이란 가상 현실이 실재를 대체하는
공간으로써 사막이라는 실재적, 물리적 공간에서의 유목이 전자
사막에서의 유목으로 대체되어 사이버 공간을 떠도는 삶에 대한
근원적 존재의 문제를 생각하게 한다. 즉 '사막은 현대적인 일상
의, 삶의 한 비유적인 공간'[57]이다.

물리적 공간과 사이버 공간을 비교할 때, 일반적으로 물리적 공
간의 지배적 특성으로 알려진 공간의 펼쳐짐, 즉 연장성이 의혹에
빠지는데 이 말은 기존의 물리적 공간의 연장성이 사이버 공간에
서는 극소화되는 상태가 됨을 말한다. 즉 사이버 공간은 우리가
실재적으로 높이, 넓이, 깊이로 인식되어 경험하게 되는 물리적
공간이 아니다.[58] 현실 세계가 물질적인 공간이라면 가상 현실의
세계는 비물질적인 공간인 것이다.

양가죽 부대로 만든 뗏목 대신 은색 개인택시를 탄다 새끼 영양 한 마
리를 옆에 태우는 대신 납작한 휴대폰을 움켜쥔다 물살이 거세지면 물
살을 타고 해류를 벗어나면 잠시 뗏목의 시간 밖으로 튕겨나가는 대신
나는 7894원의 할증 요금으로 계산되며 강을 건너고 있다 수면 아래는

---

57) 이광호, 앞의 책, p.145.
　　"사막은 지상의 에너지가 아니라 태양의 영역에 속하는 순수한 빛에 노출된 공간이며, 그
　　공간에서 '양을 치는' 행위는 상징화된 유목적인 삶의 한 형태"로 설명하고 있으며 또한
　　"이원의 유목은 삶의 실존적인 조건과 디지털 세계의 문화적 특성을 시화적인 상상력으로
　　해석하는 지점에 서 있다"고 보고 있다.
58) 이종관, 『사이버 문화와 예술의 유혹』, 문예출판사, 2003, p.18.

넓고 깊다 그곳에서 채널 찾기 버튼을 눌러 2천5백 년 전의 고대 도시에
서 딸려 올라오는 검고 미끈한 풍요의 여신 이시스를 만나는 대신 나는
가벼운 유목 물품이 되어 시간을 시속 130킬로미터로 부딪치고 있다

―「실크 로드」 일부

사이버 공간에서 일어나는 사건들은 이처럼 실제 세계에서의 시
간적 질서, 연속성, 통일성을 깨뜨리면서 동시성과 즉시성을 향해
사건 발생의 순차적 연속성을 수축시키고 있다. 사이버 공간에서
는 거리의 증발로 인해 항시 어디로든 이동이 가능하며, 따라서
물리적 공간같이 고정된 영토에 뿌리를 내리는 정착적 존재 방식
이 위협받는다. 요컨대 사이버 공간에서는 영토적 고착이 순간 이
동을 가능하게 하는 동시성과 즉시성으로 대체되면서 그 의미를
상실하는 탈영토화(deterritorialization)[59]가 일어난다고 했을 때 사
이버 공간은 시 공간을 자유롭게 넘나들 수 있는 비현실적이면서
도 환상적인 공간이다. 이러한 공간에서 살아가야하는 존재는 그
러나 행복하지만은 않다. 은색 개인택시를 탄 시인은 가벼운 유목
물품에 불과할 뿐이며 '검고 미끈한 풍요의 여신 이시스를 만나는
대신 나는 가벼운 유목 물품이 되어 시간을 시속 130킬로미터로
부딪치고' 있는 불행한 존재일 뿐이다. 유목 물품이라는 객체에 불
과한 존재로 세상을 인식할 주체가 될 수 없는 것이다. 또한 전자
사막으로 비유되는 가상 공간에서의 주체적 몸은 실재로 서로의

---

59) 위의 책, p.19.

존재를 느낄 수 있는 객체가 아닌 사이보그화된 인공 육체로서 디지털 문화가 삶이 되어버린 세계에 대한 진지한 성찰을 하게한다.

(2) 사이보그화 된 인공 육체

인간에 대한 정체성은 육체와 정신에서 비롯된다. 특히 육체는 인간존재의 실존을 물리적으로 확인할 수 있는 중요한 요소이다. 따라서 육체적인 실존은 개개인의 주체성과 개별성을 유지하는 기준이 된다. 그러나 가상 현실에서의 육체는 가상 공간이 실재의 공간이 아님을 인식함과 동시에 주체적 존재가 아니라 하나의 부분에 불과하다.

> 이곳의 사람들은 머리를 떼어놓고
> 머리 대신 모니터를 달고 다닌다
>
> ―「공중도시」 일부

> 실습용 재료 같은 사내와 여자가
> 나란히 검은 주유기를 제 옆구리에 꽂고 서 있다
> 그들은 서울의 밤이 꿈 대신에 선택한 텍스트이다
>
> (… 중략 …)
>
> 밤의 표면은 접시처럼 미끄럽고 불안하다

서울은 텍스트인 사내와 여자를
퓨즈처럼 갈아끼우기 시작한다

—「서울의 밤 그리고 주유소」 일부

몸 속에 웹 브라우저를 내장하게 되었어
야금야금 제 속을 파먹어 들어가는 달
신이 몸 속에 살게 되었어

—「몸이 열리고 닫힌다」 일부

눈물이 나오질 않는다

전자상가에 가서
업그레이드 해야겠다
감정 칩을

—「사이보그 3」 일부

'공중도시'는 '전자 사막'과 함께 디지털 세계에 대한 통열한 비유를 이루는데 이러한 디지털 세계의 특성은 모든 기관의 특성과 조합과 채체가 가능하다는 것이다. '머리' 대신 '모니터'가 작동하고 '공기'들도 '레고블럭'처럼 맞춰지는 세계이다.[60] 인간들의 존재 기반이 가상 공간, 혹은 기계화된 육체로 전이되는 현실은 단

---

60) 이혜원, 앞의 논문, p.377.

순한 육체의 기계화의 우려뿐만 아니라 인간에게 있어 가장 근원
적인 정서나 감정의 기관까지도 칩 하나로 수정될 수 있다는 데서
냉혹한 세계에 대한 비판의식을 드러낸다. '몸 속에 웹 브라우저
를 내장하고 있어 눈물이 나오지 않으면 전자상가에 가서 감정 칩
을 업그레이드'하면 되는 육체의 기계화는 주체적 실존이 자리하
지 않는 가상 현실에서만 가능한 일로서 이것은 자아의 근원이라
할 수 있는 정신적, 육체적 해체를 의미한다.

컴퓨터를 켜자마자 17인치 모니터가 얼굴을 진공청소기처럼 쭉 빨아
당겼다 눈코입이 딸려 들어가고 가죽만 책상의 모서리로 흘러내렸다 미
지근한 가죽을 들어 신년 달력 옆에 걸어놓는다

—「자화상」 일부

자화상은 자신의 내면 세계를 드러내 주는 거울로 많은 시인들
혹은 예술가들은 작품 속에 자신의 의식 세계를 표출해 왔다. 이
원의 자화상은 기존의 작들이 보여준 자기 인식의 태도와는 달리
섬뜩하고 그로데스크하다. 실존적 인간 존재에 대한 성찰의 모습
이 아니라 기계화된 인간의 삶에 대한 불안하고도 냉혹한 내면 심
리를 반영한다. 이미 인간은 컴퓨터를 켜자마자 주체적 존재감을
상실하는 비극적 삶 속에 놓여 있으며 '미지근한 가죽의 실체'로
밖에 여겨지지 않는다. 이원에게 있어 실존적 자아는 눈, 코, 입,
혈관과 가죽으로 조합된 사물에 불과하다.
현대사회에 시적 자아의 생존이란 '컴퓨터를 켜자마자', '눈코

입이 딸려 들어가고 가죽만 책상의 모서리로 흘러내리는', 육체와 정신의 완벽한 분리가 가능한 물질적 실체일 뿐이다. "이는 주체적인 인간이 사라지고 난 자리에 기계와 같이 수동적이며 조작이 된 현실만이 우리 삶을 지배하고 있다는 것을 뜻한다".[61]

즉 신체에 대한 해체적 상상력은 인간의 근원적인 정서나 감정까지도 통제될 수 있는 전자 신체의 이미지를 통해 기계화되어 버린 인간 존재의 근원적 위기를 상징적으로 보여준다. 사물을 스스로 판단하고 인지하는 주체적 자아의 해체는 곧 현대적 삶의 불모성과 아울러 기계에 의해 예속되어지는 존재의 의미를 강조한다.

나란 존재는 '어느 곳으로나 접속하고 싶은 나'(「아이는 공을 두고 갔을까」)이며 '누가 세팅해 놓은 프로그램인지 모르며'(「나는 클릭한다 고로 나는 존재한다」), '증발되기 쉬운 물질인 나를/일몰 무렵의 안락사로 예약해 놓을까'(「전자 사막에서 살아남기 위하여」) 생각하는 나이다. 이러한 나에 대한 인식의 바탕은 진정한 주체가 부재함을 암시한다. '나는 세계를 연속 클릭한다/클릭 한 번에 한 세계가 무너지고/한 세계가 일어 선다/해가 떠오른다 해에도 칩이 내장되어 있다'(「나는 클릭한다 고로 나는 존재한다」)는 문명적 인식은 가상 공간의 허구성을 이중적으로 보여줌으로써 인간 존재에 대한 존엄성에 대해 다시 한 번 성찰하고 사유하게 한다.

　　A.M.6:05~6:30 **화장실** 변기에 앉아 10분 졸다 깬다. 양치질을 하

---

61) 강경희, 『타자의 언어학』, 문학과 경계, 2006, p.352.

고 세수를 한다. 거울을 보며 입을 옆으로 벌리며 위스키를 소리내어 말한 뒤 웃어본다. 상체에서 하체 순으로 속옷을 입는다. (… 중략 …) **A.M.8:20~8:30 거리** 20분에 신설역에서 내린다. 지상으로 나오자마자 스낵코너가 있다. 토스트를 한번 먹어보고 싶다고 코를 벌름거릴 때 옆 약국의 약사가 셔터를 올린다. (… 중략 …) **A.M.12:15~12:30 6층 화장실** 양치컵과 칫솔을 들고 들어가 양치질을 한다. 기름종이로 피지 제거를 하고 트윈케이크를 바르고 립스틱을 다시 바른다. (… 중략 …) **P.M.8:00~8:30 학원 랩실** 한 명씩 들어갈 수 있게 칸막이가 쳐진 랩실에서 고개를 숙이고 국제 공용어 테이프를 듣는다. (… 중략 …) **P.M.12:00~ 방** 불을 *끄고* 누워 창가로 들어오는 희미한 불빛을 올려다본다. 바다로 가고 싶다는 기억이 켜진다. 출렁이는 잠 속으로 빠져든다.

—「사이보그 5 - 메뉴얼(회사원97-01-pd038, ♀, 26세)」 일부

메뉴얼로 표현되는 현대인의 삶은 기계적이다. 인간의 존재 자체가 사이보그화되어 정해진 시간에 따라 기계적으로 움직일 수밖에 없는 일상의 모습을 나타낸다. 즉 현실에서의 삶이 기계화된 몸을 통해 우리의 삶이 이미 사이보그화되었음을 의미한다. 디지털 매체의 보급과 확산은 현대인의 주체성 상실의 위기를 인식하게 하며 이원의 시는 이런 위기 의식을 사이보그화된 몸을 통해 경고한다.

사이보그 001: 서정시를 옹호하는 캐릭터. 권력실세. 전속 로봇이 베

스트셀러용 시의 최종 점검을 늘 맡아주고 있다.

사이보그 002: 다장르 겸업을 하고 있어 일명 전투용 사이보그로 불린다. 뇌 개조 수술을 받은 최고의 전자두뇌. 다혈질이나 예술적 안목이 탁월하다. 평소에는 소행성 베스타 소속의 레이서로 활동한다.

(… 중략 …)

사이보그 009: 발표하는 시 외에는 별로 알려진 것이 없는 신비로운 존재. 합체와 변신이 자유롭다는 설이 있음.

사이보그 010: 시와 평론 겸업 각종 지면에 시의 종말을 예언하는 글을 빈번하게 발표하면서도 낡은 서정시를 줄기차게 써낸다. 여성 사이보그 사이를 헤매며 쾌락을 사냥한다.

—「2050년/시인 목록」 일부

공간을 드러나게 하는 것은 어디까지나 사람의 몸이다. 곧 공간 속에 삶이 있는 것이 아니라 삶 속에 공간이 있는 것이다. 그러나 주체만으로 공간이 생기지는 않는다. 주체의 지향을 일으키는 객관적 대상과의 상호 작용이 공간을 이루며, 그것은 곧 그 삶 자체가 된다. 공간이란 몸·상상력·환경 등이 얽혀 이루는 실재적인 상호작용인 셈이다.[62] 즉 인간의 역동적인 삶의 양태는 바로 공간 인식 양상 자체와 분리될 수 없는 것이다.

사이보그화된 인간의 신체에 대한 상상은 디지털 시대에 개인의 주체적 자율성이 심각하게 훼손될 수 있음을 자각한다. 고도로 조직화된 디지털 세계는 주체적 인간을 해체하여 기계화시킬 수 있다는 것이다. 이원의 시는 현대의 삶과 주체에 대한 존재론적인 질문을 통해 디지털 문명이 초래한 근원적 문제를 환기시킨다.[63]

(3) 허공에 떠도는 죽음의 공간

이원이 바라본 세계는 부정적이고 비판적이다. 그 비판적 의식은 그동안 익숙해 왔던 기존의 세계와는 다른 디지털화된 시대에 대한 우려가 내재해 있다. 특히 가상 현실은 나란 존재의 혼란뿐만 아니라 자아의 정체성에 대한 자각을 하게 한다. 현실의 세계가 가상 공간에 펼쳐진 허상의 세계에 불과할 때 삶의 의미를 찾는 일은 무의미하다. 즉 보편적인 경험 세계의 질서와 조화가 파괴되는 현실은 삶의 공간이기보다는 죽음의 공간에 더욱 가깝게 인식된다.

무덤은 크고 둥글고 푸르다
가끔 무덤 안에서도 물 흐르는 소리가 들리고
책장을 넘기는 소리도 들린다

---

62) 박태일, 「한국근대시의 공간현상학적 연구」, 부산대학교 대학원 박사학위논문, 1991, p.15.
63) 이혜원, 앞의 논문, p.380.

그곳이 입구인지 알고

길을 제 몸 속으로 빨아들이며 날아온 새들이

발을 내려놓는다

새들에게도 지구는 미끄럽고 둥글나

—「지구는 미끄럽고 둥글다」 일부

한밤중, 지구와 달 사이의 팽팽한 줄에

무덤들이 생기고 있다

(둥근 것과 접속하면 녹아내리는 몸이 많다)

—「밤하늘」 일부

　이원에게 지구는 무덤과 동일하게 인식된다. 지구와 무덤은 모두 둥근 모양을 갖고 있다는 데서 유사성을 느끼게 하지만 그런 형태상의 유사성이 문제가 되는 것이 아니라 수많은 생물이 존재하는 우리 삶의 공간이 무덤과 같은 죽음의 공간과 같은 의미로 받아들여진다는 점에서 주목할 필요가 있다. 지구는 '물 흐르는 소리' '책장을 넘기는 소리'가 들리는 살아 있는 공간 같지만 실상은 죽음의 공간인 무덤이라는 데서 삶이 이미는 이미 사라진 공간이다. 그러나 이미 무덤이 되어 버린 지구라는 공간을 향하는 새들의 모습은 매우 불안해 보이며 그나마 무덤의 공간으로의 착지마저도 불가능하게 한다는 데서 새의 존재마저도 비극적이다. 발을 내려 놓기에는 '지구는 미끄럽고 둥글기 때문'에 삶의 정착지가 못하는 부정적 공간일 뿐이다. '지구와 달 사이에 생기는 무덤들'이나 '지구는 무덤 같은 세상이다. 시는 시체가 되어 사방에 널려있다'는 인식은 결국 우리 삶의 안식처에 대한 어둡고 절망적인 의식을 드러낸다.

방에서 다섯 걸음 걸어 식탁, 식탁에서 새 걸음 걸어 화장실, 화장실에서 여섯 걸음 걸어 창, 신발은 현관에 벗어놓은 채 다시 세 걸음 걷다 허공 속에 두 손 두 발 다 밀어 넣은 채로 갑자기 멈추다. 초고속 통신망이 연결되어 있는 컴퓨터는 그대로 켜두고 죽은 사람들의 이름과 얼굴을 맞추어보다. 도무지 죽은 아버지의 얼굴이 떠오르지 않는다. 디지털 시계의 오전과 오후를 번갈아 누르다. 오후 11시 50분으로 맞추어 놓았지만 날은 어두워지지 않다. 자살 반대 사이트에서 만난 30대 남자와 여고생 둘이 아파트 옥상에서 신발은 한낮의 난간에 나란히 벗어두고 서로 껴안고 뛰어내리다. 허공에 길이 생겼다 이내 사라지다. 적멸보궁.

—「적멸보궁」 전문

사람들은 오랫동안 허공에 창을 무덤처럼 파놓고
허공에 계단을 파놓고 허공이라는 벽을 올라갔다
허공에 빨간 비상등을 켜놓고 허공이라는 벽을 염탐했다

—「콘센트에 관한 명상」 일부

우리가 현존하는 세계에 대한 이원의 인식은 어둡고 비극적이다. 「장독, 여자 이미지」 혹은 「시체 공사장」에서 보여주는 이원의 인식은 자연과 인간의 삶이 조화롭게 어우러진 서정적 풍경이 아니라 건조하고 그로테스크한 모습으로 그려지고 있다. 따뜻해야 할 집의 풍경과 문학적 현실에 대한 인식은 시체공장장으로 비유될 만큼 차갑고 서늘하다.

그러한 인식의 바탕에는 「나는 검색 사이트 안에 있지 않고 모니터 앞에 있다」에서 나타나듯이 이는 곧 주체가 분산되었음을 의미하고 진정한 주체가 부재함을 암시한다. 이러한 주체의 부재는 초고속 통신망이라는 우울한 공간에서 존재의 죽음을 떠올리게 한다.

적멸보궁이란 불교에서 가고자 하는 이상적인 세계의 한 은유라고 했을 때 이원의 시는 이러한 보편적인 사유를 전복한다. 즉 자살한 자들의 죽음으로 사라진 허공에 적멸보궁을 세워놓는 것이다. 우리에게 익숙한 자연 혹은 삶의 연장으로서의 죽음의 모습이 '허공에 창을 무덤처럼 파놓고' 새로운 공간 안에서 무수히 경험하는 환상 속의 죽음을 바라봄으로써 환상과 현실의 경계마저도 지운다.

가상 공간의 주체는 가상 공간 안/밖에서 존재한다. 비(非) 물질적·비육체적인 주체는 가상 공간 안에 있고, 물질적·육체적인 주체는 가상 공간 밖에 있다. 주체는 안/밖, 비(非) 물질성/물질성, 무향(無香)/땀내로 분열된다. 그렇기 때문에 가상 공간이 주체는 현실 공간의 주체와는 변별되는, 열등한(부정적인) 존재로 인식된다.[64] 이원이 인식한 가상 공간의 열등적 존재인 사람들은 허공에

---

64) 김양희, 「매체의 변화에 따른 시 변화 양상연구」, 한양대학교 대학원 박사학위 논문, 2001, p.83.

주소를 가지며 시스템에 연결되어 그 허공 속을 배회한다. 그러나 허공 속을 배회하는 자아의 모습은 가상 공간 밖에서도 죽음의 냄새가 가득한 공간을 인식하는 데서 그 비극성은 더욱 상기된다.

1990년대 이후 급속이 사회적 현상이 된 디지털 매체의 보급은 문학에 있어서도 가상 공간과 현실의 문제를 문학에 드러내게 한다. 컴퓨터가 급속도로 보급되고 인터넷이 확산되면서, 네트워크 안의 가상 공간인 사이버 공간은 실제의 공간만큼이나 익숙한 공간이 되었다. 이원의 시에 등장하는 인간은 가상의 공간 안에서 배회한다.

전자 사막을 살아가야 하는 현대인의 자화상을 가상 공간이라는 가상 현실을 통해 보여주는 이원의 시는 감정조차 칩에 의해 조작되는 기계적 인간, 죽음과 삶이 허공 속에 부유하는 현실에서 주체로서의 실존적 자아를 상실한 존재에 대한 물음을 제시한다.

2) 참여와 실험으로서의 독자 공간

(1) '새로운 읽기 방식'으로서의 하이퍼텍스트 문학

① 새로운 읽기 방식의 의미

다매체 시대의 정보화 사회에서 문학에 대한 위기는 예견되어 왔다.

'문학의 위기'는 학문체계상으로 보면 '인문학의 위기'며 문명사적으로 보면 '책 문화, 종이문화의 위기'다. 우리는 이를 다시 '문자언어의 위기'라고 규정할 수 있는 것이다. 이것은 종이로 만들어진 책의 형태로 저장·보급되는 '문자언어'가 가장 중요한 정보 소통의 방식으로 군림하던 시대가 종결되고 전자 통신기기를 주요 정보교환 수단으로 사용하는 '시청각언어'가 등장하였기 때문이다. 이는 오늘날 텔레비전, 전화, 라디오, 컴퓨터, 팩시밀리, 비디오, 스테레오 등의 통신기기는 과거에 나온 것들까지도 '전자혁명'을 통해 '전자화'되어 단일 지각에 의존하지 않는 복합적인 매체로 바뀌었음을 뜻한다.[65]

이는 전통적인 권위를 누려 왔던 활자매체의 위기와도 무관하지 않으며 활자매체가 가지고 있던 종전의 특성들에서 '새로운 읽기'에 눈을 돌리지 않을 수 없는 시점에 다다랐음을 의미한다. 새로운 읽기 방식은 하이퍼텍스트의 특징이라 할 수 있는 비선형성, 다매체성, 상호작용의 특성이 문학에 그대로 적용된 하이퍼텍스트 문학에서 가능하다.

하이퍼텍스트 문학은 사이버 상에서 하이퍼텍스트라는 방법을 이용한 문학이며 이것은 사이버 문학, 전자 문학의 성격을 갖는다. 하이퍼텍스트 문학은 인쇄매체 문학과는 그 인식론의 양상부터 다른 것으로 하이퍼텍스트 문학은 전자시대 문학의 혁명이라고 할 수 있다.[66] 이러한 하이퍼텍스트 문학은 특히 비선형적이란 점에서 지금까지 익숙해 왔던 읽기의 방식이나 독자의 개념을 혁

---

65) 강내희, 앞의 책, pp.97~98.
66) 류현주, 『하이퍼텍스트문학』, 김영사, 2000, p.232.

신시킨다.

대부분의 책은 앞장에서부터 차례대로 뒷장까지, 이전 페이지에서 뒷 페이지로 읽어 가야 하는 구조를 지니고 있다. 이에 비해 하이퍼텍스트는 독자가 자신의 관심에 따라 차례를 정하기 이전에는 어떠한 독서 순서도 전제하고 있지 않다. 독자의 결정의 자유가 무엇보다 강조되고, 독자는 자신의 독서 과정을 주어진 링크의 선별을 통해 구성하며, 개인적이고 변별적인 수용의 과정에서 다음에 올 텍스트를 결정한다. 한마디로 하이퍼텍스트에서는 결정권이 독자에게 있다. 찰스 디머(Charles Deemer)는 이것을 다음과 같이 표현한다. "이 다음에 무엇을 읽고 싶은가?" 하이퍼텍스트는 이와 같은 질문을 계속해서 반복한다. 독자들은 이렇게 반복되는 질문에 각각 다르게 반응하기 마련이다.[67] 1965년 데오도르 넬슨은 부쉬의 아이디어를 적용해서 융통적으로 어느 곳에서든 자료를 저장하고 그 자료에 접근할 수 있는 비선형적 텍스트 개념으로 hyper-text란 용어를 만들었다.[68] 선형적이란 것은 앞에서부터 순차적으로 진행되는 고정된 한 가지 형태를 말하고, 비선형적이란 원하는 정보에 임의로 직접 접근할 수 있는 형태를 말한다고 했을 때 비선형적인 특징을 갖는다는 것이다.

즉 인쇄매체 문학에서는 글 읽기와 글쓰기 자체가 선형적인 반면 하이퍼텍스트 문학은 독서를 하는 방법이 여러 개 주어져 있어서 독자가 선택하는 경로에 따라 이야기가 다르게 전개되며 그에

---

67) 위의 책, p.30
68) 류현주, 앞의 책, p.58.

따른 독서의 길도 달라진다.

소설을 읽어 내려갈 때도 주인공의 행동에 여러 경우의 서사적 전개를 부여하는 것이 가능하다. 따라서 독자는 스스로 선택하는 독서로를 따라 작품을 읽을 뿐 아니라 작가의 글쓰기에 참여하거나 그 글쓰기를 변형할 수 있고, 경우에 따라서는 독자들이 모여 릴레이식 글쓰기를 할 수도 있다. 이야기의 제작뿐만이 아니라, 때로는 컴퓨터 게임과 같은 방식으로 독자가 작품의 구성을 만들어가는 다양한 플롯을 창조할 수도 있다.

또한 이러한 비선형성은 일방적인 방향의 수용이 아닌 상호간의 영향력을 행사할 수 있는 상호 작용성으로 인해 인터넷에서 저자와 독자는 실시간으로 또한 양방향으로 소통함으로써 두 문학적 주체 사이의 경계가 모호해진다. 저자는 자신의 텍스트를 끝없이 고쳐 쓸 의무가 있다는 점에서 기존의 저자와 다를 바 없지만, 자신의 텍스트를 인터넷에 개방하고 실시간으로 제시되는 독자들의 요구를 최대한 수렴한다는 점에서 기존의 저자와 다르다. 독자들은 저자에게 끊임없이 고쳐 쓸 것을 요구하는 동시에 텍스트의 의미 구축 작업에 직접 참여한다는 점에서 분명 새로운 독자이다.[69]

하이퍼텍스트 문학에서 독자의 역할과 참여는 매우 중요한 구실을 한다. 하이퍼텍스트 문학의 길은 여럿으로서 독자의 적극적인 반응에 따라 독서가 이루어지기 때문에 인쇄매체가 갖고 있었던

---

69) 최동호 · 이성우, 「팬포엠(FanPoem)의 가능성과 실제구현 – 하이퍼텍스트 시쓰기 프로그램과 시인 · 독자의 위상 변화를 중심으로」, 『어문논집』 51집, 민족어문학회, 2005, p. 182.

선형적 읽기에서 벗어나 작가가 의도했던 플롯 내용뿐만 아니라 하이퍼텍스트 문학의 속성상 독자는 자기가 일고 싶은 것을 선택적으로 읽을 수 있다. 또한 그 선택된 독서로가 많으면 많을수록 이야기는 다양해지며 그 내용이나 끝이 읽는 독자에 따라 달라진다. 즉 하이퍼텍스트 문학은 그 시작이 어디냐에 따라 문학의 구성은 시작되며 대단원은 독자마다 선택한 독서로에서 독자의 종결이 그 작품의 종결을 의미한다. 곧 하이퍼텍스트 문학에서의 출발은 독서자 자신의 선택에 달려 있으며 마찬가지로 그 종결 모두 다를 수밖에 없으며 그 종결 역시 새로운 시작을 의미한다.

하이퍼텍스트 문학 읽기는 다양한 방법과 해석이 가능한 새로운 읽기 방식이다. 모든 길의 끊어짐과 이어짐은 그것이 어디서부터 왔으며 어디로 가느냐에 따라 다른 의미로 해석될 수밖에 없다. 모든 에피소드를 다 방문해 보았다고 해도 여전히 그곳에는 새롭게 읽을 방법이 남아 있다. 예전과는 다른 경로를 선택해서 읽으면 다른 이야기가 된다. 즉 그것은 새로운 읽기 방법이라 할 수 있다.

이처럼 하이퍼텍스트 문학에 있어서의 독서 행위는 단순한 읽기가 아니라 곧 글쓰기가 되는 방식으로 인해 그 새로움은 더한다. 작가와 독자는 근본적으로 지금까지의 문학작품에서와는 다른 창작방법이 적용된다. 즉 작품의 생산은 기본 골격에 해당할 뿐 정작 중요한 것은 아직 완성되지 않은 작품의 감상에 독자가 참여함으로써 비로소 작품을 완성해 가는 것이다.

궁극적으로 하이퍼텍스트는 텍스트 그 자체로 완결되지 않고 무한히 확장될 수 있는 것이며 이 경우 독자는 텍스트를 형성하기 위해서 독자 또한 저자가 된다.

독자가 저자가 되는 이러한 읽기 방식은 시대의 흐름에 맞는 새로운 읽기의 한 예가 될 뿐만 아니라 문학 읽기의 다양성 가운데 하나로서 그 의미가 크다고 할 수 있다.

② 창작의 실제적 예로 본 하이퍼텍스트 문학

독자가 저자가 되는 이러한 새로운 읽기 방식은 주로 시나 소설 작품을 통해서이며 아직 그 작품의 수나 효과는 미미한 편이나 그 표현방식에 있어서는 디지털 시대의 시대정신의 표출임에는 부인할 수 없는 사실이다.

하이퍼텍스트로 쓴 시에 관심을 보인 것은 1995년 켄델이 컴퓨터를 이용해 시를 쓴 것이 그 최초였다.[70]

최초의 하이퍼픽션으로서 마이클 조이스(Michael Joyce)의 「오후, 어떤 이야기」(Afternoon, a Story)를 들 수 있다. 「오후, 어떤 이야기」는 컴퓨터를 통해 읽는 최초의 하이퍼텍스트 소설이다. 글쓰기 저작도구인 스토리 스페이스(Story Space)를 이용하여 만들어

---

70) 류현주, 앞의 책, pp.178~180.
　　켄델은 특히 다른 사람에게 읽어주는 구술적 시와 직접 읽는 활자로 된 시를 융합해 보려고 하였다. 즉 독자가 시를 읽을 때 누군가가 그 시를 독자에게 읽어주는 효과를 내고자 한 데 있는 것이다. 시를 누구에겐가 읽어줄 때 듣는 청중들의 반응을 살펴 가며 목소리의 톤과 어조가 강조하는 단어에 변화를 주면서 시 감상을 좀 더 흥미롭게 만들게 된다. 시를 읽는 사람이 시에 줄 수 있는 변화를 켄델은 시작에 반영하였다.

진 이 소설은 책이 아닌 디스켓의 형식으로 판매되었다. 이 소설은 539개의 텍스트에 951개의 링크로 구성되어 매우 다양한 독서 경로를 제공한다.[71]

「오후, 어떤 이야기」는 하이퍼텍스트 문학의 구조, 서술방식, 플롯, 이야기의 시작과 끝 같은 것을 이해할 수 있는 계기가 충분히 되어지는 작품이다.

하이퍼텍스트 문학이 어떠한 경로와 과정을 통해 새로운 읽기 방식에서 글쓰기가 되는가는 다음의 인용문으로 그 구체적 예를 살펴보기로 하겠다.

하이퍼텍스트 문학의 국내 첫 시도는, 정과리 교수를 중심으로 진행된 문화관광부 산하의 '새천년 예술' 하이퍼 시 사이트(언어의 새벽) 프로젝트였다. 1백여 명의 시인이 동원된 이 프로젝트는 문자매체의 지위 하락과 영상매체의 영향력 확산을 받아들이면서

---

71) 김요한, 「하이퍼텍스트 문학 연구 – 하이퍼텍스트의 구조적 특성과 새로운 문학의 가능성」, 한국외국어대학교 대학원 박사학위논문, 2003. 6. pp.107~111, 참조.
예를 들어 start란 제목의 초기 화면에서 계속 엔터기만 누르는 경우 주인공 피터의 부인 로리와 그의 직장상사인 워더와의 애정관계가, Y만 누를 경우에는 교통사고와 관련된 이야기가, N만 누를 경우에는 이혼하기 전에 있었던 로리와의 결혼생활에 대한 피터의 회상이 주된 내용을 이룬다. 뿐만 아니라 이를 혼합해서 특정한 경로로 텍스트를 이동시키며 읽을 경우 그 내용 역시 조금씩 달라진다. 이런 식으로 이 작품은 독자에게 다양한 독서 경로를 제공하고, 독자 스스로가 이야기를 선택하게 하여 결국에는 조이스의 말대로 상황에 따라 다양한 이야기가 펼쳐지는 소설이 된다. 이는 같은 독자라도 독서경로에 따라 상이한 이야기가 전개되고 독자들마다 다른 이야기를 접하게 되기 때문이다. 그렇다고 이 작품의 이야기가 서로 다른 이야기는 아니다. 독자에 의한 개별 이야기의 조합에 따른 이야기 전개방식의 변화가 다른 것이다. 따라서 영어 제목의 'a story' 가 나타내는 것처럼 상황에 따라 달라질 수 있는 수많은 '어떤 이야기' 이지만 동시에 '하나의 이야기' 이다. 하나이면서 다수일 수 있는 이야기, 다수이면서 하나일 수 있는 이야기, 「오후, 어떤 이야기」는 이러한 이야기의 구조를 하이퍼텍스트의 기능에 힘입어 처음으로 보여준 작품이다.

문자·영상·소리의 혼합에 의한, 다시 말하면 시각적인 요소와 청각적인 요소의 통합에 의한 통합매체의 가능성을 시연해 보인 바 있다.

2000년 4월 김수영 시인의 「풀」을 화두 삼아 하이퍼텍스트 시를 시도한 '언어의 새벽: 하이퍼텍스트와 문학'(http://eos.mcr.go.kr)이나 '하이퍼텍스트 소설〔디지털 구보 2001〕'(http://www.wisebook.com/booktopir/conrents/hyperrext) 등이 그 예이다. 이 가운데 문화관광부 문학 분과위원회가 주관한 '언어의 새벽'을 살펴보자. 인터넷에 공개되었던 이 하이퍼텍스트 시의 구조를 보면 이렇다.

해당 웹사이트의 1단계에는 「풀」의 첫 시구인 "풀이 눕는다"가 놓여 있다. 2단계에서는 이 시구를 화두 삼아 46명의 시인과 작가, 일반인들이 각각 시구를 작성해 해당 웹사이트에 남겨 두었다. 3단계에서는 앞서 46명이 써 놓은 시구를 화두 삼아 123명이 자신의 시구를 작성해 놓았다. 이때 각 참가자들의 시구는 5~400자 분량에 주어진 화두의 일부(어절, 단어, 문장)를 포함해야 한다. 또한 저속한 표현은 삼가야 한다는 것이 주최측의 인증 기준이다. 이런 식으로 모두 14단계에 걸친 많은 참가자들이 웹사이트에 접속해 자신들의 시구를 남겼다. 그 글들은 모두 하이퍼 링크 방식으로 연결되어 하나의 하이퍼텍스트 시를 이루게 된다.

이렇게 만들어진 작품 '하이퍼텍스트 풀'을 독자가 읽는 방법도 이전의 '원본 풀'을 대하는 것과는 매우 다르다. 예를 들어 1단계 김수영 시인의 "풀이 눕는다"에서 출발해서, 2단계에서는 46개의 시구 가운데 "그대 마음 깊은 곳에서 자라는 풀이"라는 시구가 마음에 들어 그것을 마우스로 클릭했다고 치자. 그러면 "그대 마음 깊은 곳에서 자라는 풀이/가난한 이들의 길을 열고"(이제하)라는 온전한 시구가 글쓴이의 이름과 함께 나타난다. 이 단계에서 독자는 '잇는 글' 단추를 선택해 다음 3단계의 글을 읽거나, '즉석 비평' 단추를 클릭해 해당 시구에 대한 비평에 참가할 수 있다. 다음 단계, 그 다음 단계에서도 계속 이런 방식으로 읽어 나가면 된다. 또한 이 하이퍼텍스트 시는 각 어절 단위로 하이퍼링크되어 독자가 원하는 어절 단위로 선택해 읽어 나갈 수도 있다. 독자의 선택에 따라서 이 하이퍼텍스트 시는 얼마든지 변형이 가능한 것이다. 여기에 저자의 권위 혹은 아우라 같은 말은 설 자리를 잃는다. 우리는 지금 눈앞의 가상 공간에서 새롭게 탄생한 시인과 독자를 접하고 있는 셈이다. 아니, 그 웹사이트에 들러 클릭, 클릭했다면 우리 자신이 이미 '새로운 독자'가 된 것이다.[72]

이러한 시도는 팬포엠이라는 싸이트를 통해서 하이퍼텍스트 시 쓰기에 대해 그 가능성이 확장된 실제적 예이다.

팬포엠은 디지털 문학 환경 속에서 시인과 독자들의 위상이 변화하는 양상을 고찰하기 위해 기획한 하이퍼텍스트 시쓰기 프로그램이다. 팬포엠(FanPoem)이란 명칭은 팬(fan)과 포엠(poem)을 합쳐 새로 만든 말이다. 독자(fan)들이 좋아하는 시인의 작품이 인터넷에 하이퍼텍스트 형식으로 공개되고, 독자들은 시인의 작품 중에서 마음에 드는 구절을 마우스로 선택하여 자신의 시(poem)

---

72) 최동호 · 이성우, 앞의 논문, pp.255~257.

를 짤막하게 지어 덧붙이는 방식으로 시 창작이 이루어진다. 시인의 작품에 덧붙인 독자들의 시(fanpoem)는 저마다 독립적인 작품이면서 동시에 서로 하이퍼텍스트 방식으로 연결된 한 편의 연작시 성격을 띠게 된다.[73]

실제로 이 사이트에 접속해 보면 황동규의 「즐거운 편지」, 최동호의 「어린아이의 굴렁쇠」, 장만호의 「김밥 마는 여자」 3편의 시가 나타난다. 여기서 '팬포엠 쓰기'를 클릭하면 다음과 같은 황동규의 「즐거운 편지」를 볼 수 있다.

1

내 그대를 생각함은 항상 그대가 앉아 있는 배경(背景)에서 해가 지고 바람이 부는 일처럼 사소한 일일 것이나 언젠가 그대가 한없이 괴로움 속을 헤매일 때에 오랫동안 전해오던 그 사소함으로 그대를 불러 보리라.

2

진실로 진실로 내가 그대를 사랑하는 까닭은 내 나의 사랑을 한없이 잇닿은 그 기다림으로 바꾸어 버린 데 있었다. 밤이 들면서 골짜기에 눈이 퍼붓기 시작했다 내 사랑도 어디쯤에서 반드시 그칠 것을 믿는다 다만 그때 내 기다림의 자세를 생각하는 것뿐이다. 그동안에 눈이 그치고 꽃이 피어나고 낙엽이 떨어지고 또 눈이 퍼붓고 할 것을 믿는다.

---

73) 위의 논문, p.182.

　이 사이트에서는 시와 관련된 자료를 살펴볼 수 있으며, 마음에 드는 구절을 골라 팬포엠을 쓸 수 있다. '관련된 자료보기'를 클릭하면 영화 〈편지〉에서 이 시를 낭송하는 것을 들을 수 있게 된다. 즐거운 편지 중 마음에 드는 구절을 골라 팬포엠을 작성할 수도 있다.

　위의 시 중 '내 그대를 생각함은 항상 그대가 앉아 있는 배경(背景)에서 해가 지고 바람이 부는 일처럼 사소한 일일 것이나' 또는 그동안에 눈이 그치고 꽃이 피어나고 낙엽이 떨어지고 또 눈이 퍼붓고 할 것을 믿는다.'를 클릭하면 이 구절에 대하여 자기의 팬포엠을 쓸 수 있으며, 다른 사람들이 쓴 팬포엠을 볼 수도 있다.

　실제적인 예로 김민부가 2004년 11월 4일 '사소한 사랑의 노래'란 제목으로 쓴 팬포엠을 살펴보자.

　　저를 사랑하시려거든
　　사랑을 증명하시지 마셔요

　　아무로 오른 일 없는 산을 제일 먼저 올랐다고
　　기뻐하지도 마셔요

　　매일매일
　　칫솔이 닳아 없어져도 슬프지 않듯

　　사소하게 그리운 사랑을 주세요

이와 같이 원문의 가지가 얼마든지 새로운 갈래로 확장되어 또 다른 시가 되기도 한다. 종전의 작품에서 새로운 의미의 작품으로 표현되어진다.

이러한 시도는 시뿐만 아니라 사운드, 영상, 텍스트 등을 연결하는 하이퍼링크로 이루어진 통합체적 서사가 인티넷에서 많은 비중을 차지함에 따라 점차 언어적 텍스트는 물론 동영상, 이미지, 사운드 등 멀티미디어적 요소를 가미하는 경향이 되어 간다. 즉 다양한 매체의 통합이라는 하이퍼미디어적 특성으로 인해서 하이퍼텍스트 문학은 이제 미디어의 통합이 아니라 예술 장르의 통합으로까지 논의되고 있다.

그러나 이러한 새로운 시도에 대해서 그 찬반 논의가 전혀 없는 것은 아니다. 원본의 확정 문제라든지 저작권에 관한 문제들이 그 논의의 대상이며 또한 작가와 독자간의 상호 작용이나 위상 변화는 작품 창작의 주체에 대한 혼란을 야기할 수도 있다. 뿐만 아니라 하이퍼텍스트 시의 구조적 특성상 완결되기보다는 분산되기 마련인 텍스트를 두고 문학성을 문제삼을 수도 있을 것이다. 하지만 시인과 독자들이 작품 창작 과정을 통해 상호 소통하면서 새로운 차원의 시인, 독자로 그 성격이 변화한다는 점에서 이 시도는 분명 획기적인 것이다

이 새로운 시도에서 한 걸음 더 나아간, 그리고 그 유형의 개념을 소설 양식으로 옮겨간 것이, 최혜실 교수가 주도하여 창작한 하이퍼텍스트 소설 「디지털 구보 2001」이다.

한국 최초의 본격 하이퍼텍스트 문학을 표방한 프로젝트 「디지

털 구보 2001」이 인터넷에 소개되었다. 등장인물 3명의 시각에 따라 시간대별로 60개로 나뉘어져 있는 텍스트를 선택해 읽을 수 있도록 되어 있으며 텍스트 안의 링크된 단어를 마우스로 클릭해보면, 이 단어와 관련 있는 정보나 이미지, 음악으로 연결된다.

또한 「디지털 구보 2001」은 이미지와 음악, 텍스트를 함께 배치하여 하이퍼텍스트의 다매체성을 이용하고 디지털 동영상을 포함시킨 점, 게시판에 올려서 프로그램 진행자에게 선별되는 형태이긴 하지만 독자들의 이어쓰기를 가능하게 한 점 등은 하이퍼텍스트 문학으로 향해 가는 하나의 시도라고 볼 수 있다.[74]

그러나 「디지털 구보 2001」도 본격적인 하이퍼픽션과 비교해 보면 이 프로젝트는 서로 다른 이야기를 독자가 구성해 나간다기보다는, 세 명의 시각에서 전개되는 하나의 이야기를 선택해서 본다는 한계를 가진다.

하나의 텍스트는 그것이 통합적으로 즉 일관되고 완결된 그리고 안정적인 것으로 경험될 때 닫힌 것처럼 여겨진다. 이것이 하이퍼텍스트 문학에 있어서 결말이라고 할 수 있다. 하이퍼텍스트 문학은 외견상 무한히 아마도 무수히 계속될 수 있다. 따라서 하이퍼텍스트 문학의 결말은 안정적인 결론성, 완결성 혹은 매듭에 대한 느낌과 유사한 무엇인가를 제공해 줄 수 있어야 하는데[75] 본문 중에 삽입된 링크는 다른 이야기가 시작되는 새로운 경로로 연결되는 것이 아니라 본문의 내용에 영향에 미치지 못하는 막다른 길로

---

74) 유현주, 앞의 책, p.8.
75) 조지 P 랜도우, 이국현 외 옮김, 『하이퍼텍스트 2.0』, 문학과학사, 2001, p.272.

이끈다. 그래서 하이퍼픽션이라기보다는 같은 이야기를 다른 시각으로 세 번 읽는 기존 문학에 흡사하며, 하이퍼텍스트 문학의 핵심으로 작용해야 할 링크는 각주의 수준에 불과함을 지적할 수 있다.

이처럼 획기적인 창작 방식의 변화는 위험성을 갖고 있는 것 또한 사실이다. 네트웍은 누구에게나 개방되어 언제든지 여기에 작품을 올리면 작가로서의 역할을 할 수 있다. 그러할 때 작가나 작품의 진정성이나 질적 수준에 있어서 신세대가 중심인 네티즌의 감성에 의존할 수밖에 없는, 수용의 수준에도 문제가 생길 가능성이 있다.

전통적인 인쇄 문학의 평면 공간에서 입체 공간으로의 이동은 독자에게 그 이야기 내에서 마음대로 움직일 수 있는 자유를 준다. 우리가 읽을 때마다 만들어 가는 이야기는 수없이 많은 잠재적 플롯(plot potentials) 중에서 선택한 하나의 독서로(reading path)에 불과하다. 이러한 자유로움은 왼쪽에서 오른쪽으로, 위에서 아래로, 첫 페이지에서 마지막 페이지로 작가가 이미 정해 놓은 순서대로 읽는 제한적인 인쇄책에서는 맛보지 못한 자유로움이다. 하지만 이러한 자유로움은 이러한 작품을 처음 대하는 독자들이 맛보기는 거의 불가능하다. 하이퍼텍스트이 장점으로 내세우는 것이 오히려 마디와 마디 사이의 미궁에서 헤매다가 결국 주저앉게 하는 가장 큰 요인이 되는 것 또한 사실이다.[76]

---

76) 한상수, 「책의 미래와 하이퍼텍스트 문학」, 『현대영어영문학』 47권 3호, 한국 현대 영어영문학회, 2003, p.11.

또한 가상 공간에서의 작가와 독자의 소통은 두 문학적 주체 사이의 경계가 모호해질 우려가 있으나 작가가 인터넷 상의 웹사이트에 열어놓은 길을 따라 여러 갈래로의 새로운 읽기가 가능한 독자는 전통적인 이야기 구조의 선험적 읽기보다 강한 표현력을 보여줄 수 있다. 이때 작가는 자신의 텍스트를 끝없이 고쳐 쓸 의무가 있다는 점에서는 기존의 작가와 다를 바 없지만, 자신의 텍스트를 인터넷에 개방하고 실시간으로서 제시되는 독자들의 반응에 보다 밀접하며 창작의 다양함에 주목할 수 있는 잇점이 있다. 다양한 읽기와 서술 방식은 선험적인 단순한 독서에서 벗어나 비순차적이고 비선형적인 하이퍼텍스트 문학 안에서 독자이자 작가가 되는 새로운 문학 체험을 가능하게 한다는 점에서 문학에 대한 기존의 인식에 대한 확대로도 그 의미가 깊다.

(2) 하이퍼텍스트 문학의 활용과 표절

① 문학교육텍스트화의 가능성

'문학의 위기'는 문학시장에서 순수문학이 고전을 면치 못하고 있는 출판계 상황에서 뿐만 아니라 일반 대중의 무관심 또는 외면에 이르기까지 여러 차원과 분야에서 충분히 확인할 수 있는 현상이다.

'문학' 과목의 교육 목표는, 일반적으로 말하자면, 문학에 관한 체계적인 지식을 바탕으로 언어활동의 정화(精華)인 문학 작품을 감상하게 함으로써 미적 감수성과 문학적 상상력을 계발하고, 나아가 인간과 세계에 대한 총체적 체험을 갖게 하는 데 있다고 할 수 있다. 널리 알려져 있는 것처럼, 학생들은 문학 작품 속의 다양한 삶의 모습을 통해 새로운 가치관을 형성하고 바람직한 인간성을 확립하는 데 도움을 얻는다. 바꿔 말하여, 학생들은 창조적 체험을 통해 자기 나름의 문학적 상상력과 미적 분별력(또는 감수성)을 기르는 한편, 이를 바탕으로 급변하는 시대, 복잡 다양한 사회 현실 속에서 정신적으로 건강한 생활을 유지할 수 있는 덕목을 체득하게 되는 것이다. 따라서 문학교육은 학생들이 능동적으로 참여할 때 비로소 그 효과를 기대할 수 있다.[77]

곧 문학교육은 독자 즉 학생의 주관적인 반응과 밀접한 관련을 갖는다. 독자의 직접 체험을 통해 주도적으로 이루어질 때 효과를 거둘 수 있는 것이다.

'인문학의 위기'라는 말이 공공연히 사용되는 있으나 고도의 지식과 정보가 중시되고 기술 집약적인 산업과 실용적인 풍토가 중요시될수록 인간의 정체성 형성에 결정적인 영향을 미치는 인문학적 사유의 필요성은 더욱 절실히 요구된다. 인문학적 사유가 주로 존재에 대한 깊은 성찰과 예술적 표현 욕구를 통해 인격적 주제를 형성하는 데 기여한다고 볼 때, 문학 작품의 수용과 창작 활동이야말로 그 사유와 밀접한 관계를 갖으며 이러한 수용과 창작을 위한 문학교육은 이루어져야 한다.

---

77) 정덕준,『고교에서의 문학교육은 어떻게 할 것인가』, 한림대학교 한림과학원, 2002, p.23.

이런 점을 고려할 때, 능동적이고 자발적인 참여는 언어를 이해하고 문학적 아름다움을 느끼게 하는 문학수업에 효과적이기 때문에 그 수업 방식에 있어서도 교사는 학생들이 수업 현장에 적극적으로 참여할 수 있도록 해야 한다. 또한 문학교육의 바람직한 하나의 방법이라 할 수 있는 글쓰기 교육 또한 다양한 매체를 활용하는 다매체적 글쓰기를 시도해야 할 것이다. 수필이며 서간문·논설문 쓰기 같은 틀에 박힌 형식적인 글쓰기 방식이 아니라, 창작교육 입장에서 장르를 바꾸어 다시 쓰게 하는 등 다양한 방식을 도입할 필요가 있는 것이다.

영상시대·디지털 시대의 문학교육은 문학 교육의 범위를 문화교육으로 확대시키는 다매체적·문화론적 시각에서의 교육이 절실히 요구된다고 할 수 있다. 이것은 시대적 흐름에 부응하여 문학교육 역시 문학 작품의 수용과 창작은 새로운 시도를 염두에 둔 교육이어야 한다고 말할 수 있겠다.

더욱이 우리의 자라나는 세대들은 인터넷으로 지식을 얻고 오락을 하고 문화를 향유하는 웹 생활 양식(web life style)에 젖은 세대이다. 이들의 문화와 감수성은 앞 세대와는 다르다. 이것은 디지털 세대의 문학교육의 내용과 방법이 달라져야 한다는 것을 의미한다.[78]

문학에 있어서의 새로운 시도는 이제 시대적 감각에 맞추어 필연적인 요구 사항이 되었다. 하이퍼텍스트 문학에 대한 실험은 문

---

78) 손종호, 『디지털시대의 문화교육』, 대학출판 제48호, 2002.7, pp.3~10.

학의 상상력과 확장이라는 점에서 그 의미는 충분하다. 이를 잘 활용하여 문학의 상상력과 확장을 위한 교육적 수용은 바람직하다고 본다.

이러한 수용은 구비문학의 활용으로도 생각해 볼 만하다.

구비문학(口碑文學)의 현장성과 실시간성, 일회성, 즉각성 등은 구비 텍스트에 직접적인 영향을 미친다. 구비문학에서는 고정된 텍스트가 없이 언제나 '가능태'로 잠재해 있다가 구체적 현장에서 현재적으로, 일회적으로 실현이 된다. 구비문학 텍스트는 현장 속에서 그 성격이 규정되어 지는 것이라고 할 수 있다. 구비문학 텍스트가 많은 이본을 가지고 있음은 이 때문이다. 누가 구연을 하고 누가 들으며 현지의 분위기가 어떠한가에 따라 텍스트의 성격이 달라지는 것이다. 이러한 구비문학의 현장성은 구비문학을 개방적이고 참여적이며 쌍방향의 의사소통 체계를 갖춘 비선형적 특성을 지니게끔 만든다.

또한 구비문학은 현장의 문학으로서 흔히 복합예술(종합예술)로서 존재한다. 언어 이외에 노래나 몸짓(간단한 동작이나 춤, 연기, 노동, 의식 등)이 함께 결부되어 있는 것이다. 이러한 복합예술적인 성격은 구비문학을 더욱 생동감 있게 만든다. 설화는 이야기꾼이나 하자의 표정, 동작 등이 함께 어우러져 만들어지며, 민요는 노래로서 음악이 결부되어 만들어진다. 무가는 무당의 사설이 대사나 노래로 만들어지고, 춤과 연극, 장단이 어우러져 진행된다.

다음으로 구비문학은 공동작으로 창조, 전승, 향유되는 특성을 지닌다. 구비문학의 텍스트는 어느 한 작가의 배타적 작업을 통해 이루어지는 것이 아니다. 익명의 많은 사람들이 함께 전승에 참여하면서 그 형태나 내용을 변화, 개조시켜 나간다. 그 모든 사람들이 구비문학의 실제의 작가들이며, 그리하여 구비문학은 공동작의 문학이 된다. 구비문학의 개방적이고 참여적인 성격은 이러한 공동체성이라는 특성을 만들어낸 것이다.[79]

하이퍼텍스트 문학은 컴퓨터상에서 이루어지는 문학이다. 기존의 문학이 종이 위에, 활자를 통해, 또 책을 통해 이루어지는 것만으로 생각한다면 하이퍼텍스트 문학은 문학의 대상이 되지 않는다. 그것은 다만 기존에 볼 수 없는 신비한 현상에 지나지 않을 뿐이다. 따라서 하이퍼텍스트 문학을 문학으로, 교육적 대상으로 받아들이기 위해서는 이를 수용하는 전제가 먼저 필요하다. 앞에서 지적한 비선형성, 쌍방향성, 독자위상의 변화, 시각적 이미지성과 같은 하이퍼텍스트의 특성을 고려하여야 한다.

이러한 하이퍼텍스트 문학의 수용적 측면은 낯선 하이퍼텍스트 문학에 대해 미리 이를 진단 평가하여 교육적으로 수용함으로써 앞으로 다가올 하이퍼텍스트 문학 세계에 적극적으로 대응할 수 있다는 점, 둘째 문학의 기초 개념인 인쇄매체에서의 문학이라는 고정 또는 편협된 문학관에서 벗어나 문학 개념이 인쇄물에서뿐만 아니라 온라인상에서의 문학도 있다는 문학을 보는 시간을 넓힐 수 있는 계기가 될 수 있다는 것, 셋째 하이퍼텍스트 문학을 교육적으로 수용함으로써 협동성의 학습을 통한 남에 대한 배려가

---

79) 정일균, 「사이버 공간에서의 구비문학적 소통체계와 그 교육적 활용 연구」, 건국대학교 대학원 석사학위논문, 2003, p.40.

늘어날 수 있으며, 넷째 하이퍼텍스트 문학을 교육적으로 수용함으로 인해 얻을 수 있는 또 다른 점은 보다 글쓰기에 친근감을 가질 수 있다는 면[80]에서 그 교육적 효과에 대한 면밀한 검토가 필요하다.

그렇다면 하이퍼텍스트 문학을 교육하는 자는 어떠한 태도를 지녀야 하며, 해야 할 일이 무엇인가에 대해 살펴보면 다음과 같다.

네트, 연결, 접속…… 디지털 시대 하이퍼텍스트 문학과 관련된 이 용어들은 일방성이 아닌 쌍방향, 그리고 여러 방향의 다양한 선택과 소통의 가능성을 전제하고 있다. 하이퍼텍스트 문학은 남과 함께 하는 협동심과 나만의 창의적인 독창성을 결합하는 능력을 함양시키는 것이 목적이다. 따라서 획일적인 전수식 강의, 사지선다형의 객관성에서 벗어나 학생들이 찾을 수 있는 가능한 모든 자료들을 탐색하고 스스로 자료를 활용하여 적용하면서 과제를 해결하는 경험을 하게 하거나 음성, 영상 들을 통해 전혀 새로운 지식을 창출해낼 수 있는 창의력을 길러 주어야 한다.[81]

하이퍼텍스트 문학의 유희성은 창작교육에서 중요한 의미를 가진다. 즉흥적이고 자유로운 표현과 재미에 의한 학습 방법은 글쓰기에 있어서도 좀더 쉽고 용이하게 받아들이게 할 것이다. 또한 진정한 글쓰기야말로 '새로운 시대'에 '새로운 읽기'의 의미가 될 것이다.

오늘날의 도시에서 일어나는 일상들은 이제 그 가면을 벗겨 버

---

80) 차호일, 『현장교육의 문학교육론』, 푸른사상, 2003, pp.61~63.
81) 손종호, 앞의 책, p.7.

린다. 개인들의 행위는 컴퓨터 데이터 베이스 속에 규칙적으로 축적되며, 빛 또는 소리의 속도로 컴퓨터들 사이를 왔다 갔다 하면서 디지털화된 정보의 흔적들을 남긴다.[82]

'창조적 진정함'[83]의 전통이 사이버 문학에서도 그 존속의 문제와 아울러 보다 활기를 넣을 수 있는 근원이 되리라 여겨진다. 이 시대에 '새로운 읽기'를 통한 문학에의 시도는 그 존폐 여부를 떠나 새로움에 대한 신선한 시도로 앞으로도 좀더 보완된다면 교육적 의미나 활용성도 크게 기대해 볼 만한 일일 것이다.

② 사이버 시와 표절

인터넷을 통한 다양한 정보의 취득과 전자우편을 통한 연락이 일상화되고 있다. 인터넷이 대중화되면서 산업사회에서 정보화 사회로 급변하고 있는 것이다. 급격한 사회적 변화로 인하여 다양한 문제가 야기되고 있다. 특정한 게임사이트의 회원이 되기 위하여 다른 사람의 개인정보를 도용하는 경우를 볼 수 있으며, 많은 인터넷 이용자들이 음악파일을 공유하여 저작권을 침해하는 현상이 나타나고 있다.[84] 즉 네트워크로 연결된 컴퓨터의 등장은 우리 삶의 일부분이 될 만큼 막대한 영향을 끼치는 것도 사실이나 그에 못지않는 문제점을 내포한 것 또한 사실이다.

---

82) 마크 포스터(Mark Poster), 이미옥 · 김준기 역, 『제2미디어 시대』, 민음사, 1998, p.106.
83) 김병익, 「신세대와 새로운 삶의 양식, 그리고 문학」, 『새로운 글쓰기와 문학의 진정성』, 문학과지성사, 1997, p.37.

급격한 사회적 변화로 인하여 제기되는 다양한 문제에 대하여 심도 있게 고찰하기 위해서는 특정한 학문에 대한 지식은 물론 다른 학문에 대한 지식도 필요로 하게 된다.[85] 음악에 관한 법률적 문제라면 음악과 법학에 관한 지식이 필요하며, 게임에 관한 법률적 문제라면 게임과 법학에 관한 지식이 필요하며, 문학에 관한 법률적 문제라면 문학과 법학에 관한 지식이 필요[86]하다.

특히 인터넷으로 연결된 새로운 공간은 기존의 문학에 대한 새로운 방식을 제공한다. 특히 하이퍼텍스트 문학의 등장은 독자의 참여라는 실험적 방식을 제공함으로써 '새로운 문학적 특징'을 보여준다. 이러한 하이퍼텍스트 문학은 비선형적이라는 첫 번째 특징이 있다. 비선형성은 하이퍼텍스트가 전통적인 진행형 텍스트들처럼 선형적인 구조를 가지지 않고 텍스트 구성 성분들과 조각 텍스트들로 하나의 네트워크를 구성한다는 것을 의미하며, 이 네트워크에서 텍스트들은 링크를 통해 서로 결합된다.[87] 전통적인

---

84) 2005년 1월 항소심법원들은 소리바다의 이용자들이 저작권을 침해하였다고 판결하였다. 민사항소심법원들은 이용자들의 저작권 침해행위에 대하여 소리바다 운영자가 책임을 져야한다고 판결하였지만, 형사항소심법원은 운영자가 책임을 부담하지 아니한다고 판결하였다. 서울고등법원 2005.1.12. 선고 2003나21140 판결, 서울고등법원 2005.1.25. 선고 2003나80798 판결. 서울중앙지방법원 2005.1.12. 선고 2003노4296 판결.
85) 정보화사회에서는 모든 학문분야에서 인터넷에 대한 이해와 활용이 필요하기 때문에 특정한 학문의 연구 범위에 명확한 구분이 없어지고 있는 추세이다. 문학 전공자만 문학을 연구하는 것이 아니고 연극·영화과 학생만 영화를 공부하는 것은 아니다. 영상 예술고서 문학을 공부할 수 있고 문학을 영상 예술 장르로도 만들 수 있다. 하버드 대학의 시각 예술 및 환경 공학과의 경우 학생들은 인쇄물 텍스트는 물론 영화와 비디오, 하이퍼 문학과 전자 오락 그리고 컴퓨터 게임까지 다양하게 연구하면서 컴퓨터 기술의 상호 대화성과 비선형성을 공부하고 있다. 류현주,『하이퍼텍스트문학』, 김영사, 2000, p.24.
86) 종합적이며 체계적인 지식이 필요한 것은 이러한 문제에만 한정되는 것은 아니다. 체육, 미술, 문학, 공학 등 다양한 분야에 대한 지식과 관련하여 법률문제와 심도 깊게 검토하기 위해서 필요한 것이다.

인쇄문학의 평면 공간에서 입체 공간으로의 이동은 독자에게 자유로움을 주며 인쇄매체에서 느껴보지 못한 새로움을 준다. 이러한 새로움은 일방적인 방향의 수용이 아닌 상호간의 영향력을 행사할 수 있는 상호 작용성으로 인해 그 영향력은 확대된다.

최근 하이퍼텍스트는 점차 언어적 텍스트는 물론 동영상, 이미지, 사운드 등 멀티미디어적 요소를 가미하는 경향이 되어 간다.[88] 사운드, 영상, 텍스트 등을 연결하는 하이퍼링크로 이루어진 통합체적 서사가 인터넷에서 많은 비중을 차지하고 있다. 다양한 매체의 통합이라는 하이퍼미디어적 특성으로 인해서 하이퍼텍스트 문학은 이제 미디어의 통합이 아니라 예술 장르의 통합으로 까지 논의되고 있다는 점에서 다매체성의 특징을 띠고 있다.

마크 아메리카(Mark Amerika)의 그래마트론(Grammatron)은 테크노 문학이라는 새로운 장르로 분류될 만큼, 시청각적인 요소가 작품의 본질을 이루고 있다.[89] 그래마트론은 방대한 그래픽과 오리지널 사운드 트랙을 포함하고 있어서 멀티미디어 예술의 장르로 손꼽힌다. 이 작품은 누구든지 자유롭게 들어가 볼 수 있도록 인터넷상에 올려져 있다.[90] 이 작품은 문명의 발전으로 전자매체 자체가 인간의 마음과 감정을 읽어 글을 쓰게 되는 상황을 허구적

---

87) 유현주, 앞의 책, p.36.
88) 마윤희, 「하이퍼텍스트 문학 저작 도구 분석 및 설계」, 이화여자대학교 대학원 석사학위 논문, 2001, p.11.
89) 유현주, 앞의 책, p.44.
90) 우선아, 「하이퍼텍스트의 문학적 가능성에 관한 연구」, 연세대학교 대학원 석사학위논문, 2005, p.45.

으로 그렸다. http://www.grammatron.com을 입력하여 이 사이트에 접속하면 독자는 원하는 경로를 통하여 글쓰는 기계인 그래마트론[91]이 인간의 마음과 감정을 읽어 글을 쓰게 되는 상황을 감상할 수 있다.

이러한 하이퍼텍스트 문학은 백여 명 이상의 시인들이 문예진흥원 새로운 예술의 해 사업의 일환인 언어의 새벽이라는 하이퍼텍스트 작업을 시도하였다. http://eos.mct.go.kr의 주소에 개설된 이 작업은 김수영의 「풀」을 기본 텍스트로 하고 있다. 최초의 씨앗글인 이 시의 한 부분을 클릭하면 이어서 새로운 시를 접목시킬 수 있다.[92]

이러한 시도에 대한 평가가 엇갈리고 있다. 먼저 이 작업은 우리 문학사에서 미디어의 전면적인 도입 시도라는 점에서 중요한 의미를 갖는다.[93] 이 작업의 목적은 문학과 멀티미디어의 만남을 통해 문학의 새로운 장르를 탄생시키고자 하는 데 있다. 이 작업은 문자의 특성에서 비롯된 상상력을 미디어와 디지털을 접맥시키고자 하는 의도에서 비롯된 것으로, 우리 문학의 진로에 대하여 방

---

91) Gramma는 글쓰기에서 기본단위를 의미하며, tron은 기계를 의미한다. 따라서 그래마트론은 글쓰기 위한 기계 혹은 글쓰는 기계라는 뜻이 된다. 류현주, 앞의 책, p.151.

92) 우선아, 앞의 논문, p.35.
이러한 방법에는 세 안석 규정이 있나고 실녕하고 있나. 즉 찍어도 김수영의 시「풀」의 중심단어인 풀이나 눕는다 등 몇 가지를 반드시 집어넣어야 한다. 글의 분량은 400자 이내로 제한된다. 이렇게 해서 만들어진 시는 또 하나의 씨앗글이 되는 데 이글에 접속한 사람은 새로운 시를 덧붙일 수 있다. 이렇게 해서 언어의 숲을 만들어낸다는 것이다. 2000년 4월 이 작업이 공식적으로 시작되었으며, 2000년 12월 공식적인 사업은 종료되었다. 그 후 인터넷상 주소를 옮긴 후, 닫힌 채로 있다고 한다.

93) 장창영, 「방사상 수사와 디지털 텍스트 읽기 - '아행행' 과 '언어의 새벽' 의 소통구조를 중심으로」, 『한국언어문학』 제51집, 한국언어문학회, 2003, p.643.

향성을 제시하고 있다. 따라서 이 작업은 우리 문학사에서 미디어의 전면적인 도입 시도라는 점에서 중요한 의미를 갖는다고 한다.

이에 비하여 이 작업의 결과 쓰여진 시들은 단지 모자이크적인 텍스트에 불과하다는 비판도 있다.[94] 작업의 결과는 참담한 모습을 드러낼 뿐이다. 소위 집단창작의 한 유형이 거대한, 시작도 끝도 통일성도 없는 텍스트를 통해 드러났다. 글쓰는 시인들은 이름을 남겼지만 누구라도 좋을 정도로 익명의 상태가 되었다. 수많은 시인들이 가지를 치는 시들은 단지 몇 가지 단어들의 공유라는 연관성만으로 엮인 채 각각 고립된 섬으로 흩어져 있다. 각각의 시들은 풀을 이리저리 잘라내고 다른 구절들을 적절히 이어붙인 모자이크적 텍스트들이라는 것이다.

하이퍼텍스트 시는 시인과 독자의 위상 변화에 긍정적 역할을 해온 것이 사실이지만, 다른 한편에서는 문학이 성취했던 사유와 상상, 기법이나 문체 등을 다 팽개치고 가장 빈곤한 수준에서 이리저리 헤매는 것이라는 오해 섞인 비판을 받고 있는 것도 사실이다.[95] 예를 들어 웹상에서는 프린트 문화에서 중시되었던, 질적인 가치를 중심으로 선별하는 작업자(심사위원/편집자)가 없어지기 때문에, 질적 수준이 의심스러운 텍스트들의 범람이 문제가 된다는 비판을 받기도 한다.[96]

이 같은 비판은 하이퍼텍스트 시가 근본적으로 비선형적 텍스트

---

94) 신범순, 앞의 책, p.22.
95) 이성우, 「디지털기술과 한국현대시」, 고려대학교 대학원 박사학위논문, 2005, p.157.
96) 정형철, 「하이퍼텍스트 픽션이란 무엇인가」, 이선이 편저, 사이버문학론, 월인, 2001, p.101.

라는 고유의 특성을 충분히 파악하지 못한 상태에서 제기되는 것으로 보인다. 하지만 하이퍼텍스트가 기존의 서사 형식보다 우월한 것이라든가, 기존의 서사 형식을 포괄적으로 대체할 수 있다는 낙관은 성급하며 위험하기조차 하다는 지적에는 충분히 귀를 기울어야 할 것으로 보인다. 시 분야에 국한해서 말하자면, 하이퍼텍스트 개념을 적용한 시와 기존의 시는 어느 한쪽이 다른 쪽을 대체하거나 부정할 수 있는 것이 아니기 때문이다.[97]

인터넷 이용자들은 다양한 문학작품을 접할 수 있다. 자신들이 접한 타인의 작품을 그대로 또는 변형하여 인터넷상에서 배포하기도 한다. 인터넷 환경에서는 타인의 저작물을 개작하거나 왜곡 또는 변형하는 것이 손쉬워지는 것이다.[98] 저작자들은 자신의 저작물이 개작되어 인터넷상에 올라가 있는 것을 뒤늦게 발견하기도 한다. 문학작품을 개작하거나 모방하여 인터넷을 통하여 발표하는 경우 원래의 저작물을 표절한 것이냐는 문제가 제기된다.[99]

㉠ NINANANA의 시의 경우

가상 공간은 자유로운 탈영역화된 공간이며, 이 공간의 구성원들에게는 기왕의 문학이 지녔던 가치 체계를 전복시키고자 하는

---

97) 이성우, 앞의 논문, p.157.

98) 박성호, 『저작권법의 이론과 현실』, 현암사, 2006, p.195.

99) 표절은 문학사에 상존하는 문제라고 할 수 있다. 예를 들어 조선 제일의 여류시인으로 불려지고 있는 허난설헌의 작품 중에는 전대의 작품을 표절한 흔적이 역력한 작품이 상당수 존재한다고 한다. 박현규, 「허난설헌 시작품의 표절 실체」, 『한국한시연구』 제8권, 한국한시학회, 2000, p.395.

무의식적인 일탈 욕구가 숨어 있다는 견해가 있다.[100] 가치 체계의 전복이라는 일탈 욕구가 형식 실험을 통해 극명하게 보여지는 것이 부분 복사로 특징화할 수 있는 표절 실험이다. 표절은 문학의 오래된 금기였다. 남의 글을 베낀다는 것은 작가로서 수치스러운 일로 치부되었으며, 작가의 독창적인 상상력이 언제나 중시되었다. 그러나 사이버 스페이스는 정보화 사회의 새로운 자연이다. 그 안에서는 누구나 동일한 정보를 동등한 자격으로 입수할 수 있으며, 중요한 것은 그 정보를 어떻게 재창조할 수 있는가 하는 것이다. 따라서 표절 실험에서 중요시되는 것은 단순히 남의 글을 베끼는 것에 머물지 않고 그것을 재료로 하여 새로운 텍스트로 확장시켜 나가는 작가의 창의력이라고 한다.

NINANANA란 익명의 작가가 다른 시들의 구절을 모방하여 다음과 같은 한 편의 시를 완성하였다. 이 시 자체에 대한 평가와 관련하여 표절의 문제를 살펴보고자 한다.

> 고운 수의와 함께 그가 탈색당하다. 1
> 봉분 위로
> 무게없는 금을 긋고 지나가는 새 2
> 남은 자들은
> 지워진 문장의 틈 속으로 들어가
> 그를 열람하지만

---

100) 이용욱, 앞의 책, p.148.

읽는다는 것, 그것이 그를

다시 매장한다는 것을 아무도 알지 못한다. 3

느닷없이 다 풀려버린 실타래를 4

망연자실하던 사람들도

손목 위에서 말라붙는 시간을 털며 5

일어선다, 오늘도 어제완 다르지 않다 6

비상구는 없다 7

사람들이 떠난 곳에서

이 죽음과 전혀 무관한 단 한사람, 그는 보고 있다 8

추억의 파편들을 무겁게 매어단채 길을 가야 하는, 9

남아있는 지루함을 견뎌내야 하는, 10

가건물의 세입자들

그들의 주위에 산재한 어둠을 11

그러나 멀리, 다시 물소리가 들린다 12

한 짐을 풀고 또 한 짐을 메는 봉분

그 수의가 다시 나부끼다 13

삶이란 얼마나 수많은 토막들인가? 14

—NINANANA, 「죽음에 관하여」[101]

이 시에 관한 문학적인 평가를 살펴보자. 먼저 다른 여러 시들의 구절을 인용하지만, 자신의 시로 창조하고 있다는 견해는 다음과 같다. NINANANA는 문학게시판에 올려 진 시들 중 죽음이란 제목을 가진 10여 편의 시를 골라낸 다음, 각 시에서 한 문장씩을 뽑아 「죽음에 관하여」란 제목의 새로운 시 한 편을 완성해내었다. 이때 각 문장과 문장은 작가의 의도에 의해 인위적으로 재배열되었으며, 그 사이에 NINANANA 자신의 시어가 자리잡고 있다. 죽음이라는 동일한 제목만을 가진 시를 재료로 하였지만, 그가 창조해낸 세계는 죽음에 대한 작가 자신의 상상력이 부분 복사된 문장 위를 뒤덮고 있으며, 그래서 결코 표절에 머물지 않고 있음을 보여준다.

이같은 형식 실험을 통해 작가가 보여주고 있는 것은, 문학의 상상력은 독창적이어야 한다는 신화성에 대한 냉소와 아무도 손댈 수 없다고 믿어 왔던 원본에 대한 직접적인 해체 작업이다. 사이버 스페이스 안에서 원본이란 존재하지 않는다. 종이라는 물질화된 텍스트는 그 위에 다시 덧씌울 수 없음으로 해서 원본의 권위를 인정받았지만, 비트라는 비물질화된 텍스트는 언제든지 지우고 새롭게 고쳐 쓸 수 있다. 따라서 원본은 그 권리를 뒤에 나온 텍스트에 계속적으로 양도할 수밖에 없으며, 원본의 권위는 작가의 권위와 함께 약화되거나 소멸된다.[102]

이에 대하여 위의 시는 여러 작가들의 작품을 해체하여 조악하

---

101) 이 시의 시행 옆에 숫자 표시는 인용된 시의 번호를 가리키고 있다.
102) 위의 책, p.150.

게 통합하고 있으며, 기존의 현대시들이 보여주었던 함축의 미덕을 살리지 못했다는 점에서 이 작품이 단순히 익명작가의 치기어린 습작품에 불과하다는 비판이 있다.[103] 위의 시에 등장하는 14편의 개체들은 전체 구성에 중요한 역할을 차지하고 있으며, 각각의 개체들은 전체 의미 형성에 기여하고 있지만, 이와 같은 방식 때문에 오히려 이 작품 고유의 특질이 부각되지 못하고 오히려 세태 풍자시의 아류작 정도에 머무는 결과를 초래할 수밖에 없다. 이 시에서 제기되는 문제는 양산된 수많은 작품에서 매력적인 어구들만을 뽑아 놓는다고 해서 한 편의 완성된 시를 얻을 수 있느냐는 것이다. 최근 컴퓨터의 기술 발달에 따라 전문작가가 아니라 할지라도 짧은 시간에 적은 노력만으로도 매력적인 어휘들을 추출하고, 효과적으로 재조합하는 일이 가능해졌기 때문이다. 하지만 시가 단순한 어휘의 집적물 이상의 의미를 지니며, 시인의 부단한 정신노동의 부산물이자 예술혼의 집적물이라는 점에서 논란의 여지가 있다고 한다.

모방과 관련하여 문학적으로는 패러디(parody), 패스티쉬(pastiche) 및 표절(plagiarism)의 세 가지가 논해지고 있다. 패러디는 대개 어느 한 텍스트만을 패러디 대상으로 차용하지만, 패스티쉬는 대개 여러 가지 텍스트들의 부분들을 차용하게 된다. 패스티쉬를 혼성모방이나 짜깁기라고 옮기는 것도 패스티쉬의 이러한 모방적 성격과 관련이 있다.[104]

---

103) 장창영, 「디지털문학의 텍스트성과 입체화 전략」, 『한국문학이론과 비평』 제25집, 한국 문학이론과 비평학회, 2004, p.336.

패스티쉬는 표절과는 달리 문학의 한 기법으로서 논의되고 있다. 자신만의 독창성을 주장할 수 있을 만한 텍스트가 이 지구상에 존재하지 않는다. 세상에서는 새로운 것이 없기 때문에 어떤 텍스트도 다른 텍스트에 대해 원전이나 기원을 주장할 수 없다. 모든 텍스트는 등가의 텍스트이므로 진품이나 모조의 구분이 성립되지 않는다. 그래서 혼성모방은 진품을 표절하는 기법이 아니라 모조를 복제해서 또 하나의 모조를 만들어내는 복사 행위가 되는 것이다.[105]

오늘날 패스티쉬가 새로운 창작기법의 하나로 부각되고 있는 것은 사실이다. 그러나 패스티쉬 기법의 원칙을 명확하게 하지 않고 표절 시비를 죄다 패스티쉬로 정당화시켜 버린다면 창작 행위의 무용론으로까지 이어질 수도 있다.[106] 이런 시각에서 패스티쉬의 개념을 일반적으로 잘 알려진 작품이나 보편화된 이미지를 차용 또는 인용하여 독창적인 상상력으로 이를 변형 또는 재구성함으로써 전혀 새로운 작품으로 다시 탄생시키는 경우를 말한다고 정의하는 견해가 있다. 이와 같이 패스티쉬의 개념을 정의한다면 인용 부분의 출처 명시를 위해 별도의 조취를 취할 필요가 없게 되는 경우도 가능하다고 한다.[107]

---

104) 공종구, 「패러디와 패스티쉬 그리고 표절 그 개념적 경계와 차이」, 『현대소설연구』 제5권, 한국현대소설학회, 1996, p.227.
105) 위의 논문, p.229.
106) 정영길, 「현대소설의 해체현상에 대한 고찰-문학텍스트의 표절시비를 중심으로」, 『현대문학이론연구』 제3권, 현대문학이론학회, 1993, p.68.
107) 박성호, 앞의 책, p.260.

표절은 한마디로 문학적 절도로 표현할 수 있다. 한 개인이 타인의 창작물을 베꼈고, 그 출처를 명시하지 않았으며, 따라서 그 창작물을 마치 자신의 창작품인 양 속이려 하는 것이다.[108] 공인된 모방 행위인 패러디나 패스티쉬는 기존 텍스트에 대한 차용 행위를 드러내놓고 밝히지만 공인되지 않은 표질의 경우는 그렇지 않다. 약간의 교묘한 변형을 통해서 자신의 표절이 순전히 자신의 창조적 재능에 의한 독창적인 구성물인 것처럼 시치미를 뗀다. 표절은 그저 단순히 자신의 도용 행위를 감추려는 속물적 차원의 변형일 뿐이다. 이와 같이 표절이 작가의 창작 전략이나 미학적 자의식에서 출발한 것이 아니고 기존 텍스트의 권위나 명성에 편승하고자 하는 작가의 상업적 동기나 속물적 욕망에 기인한다는 점에서 패러디나 패스티쉬와는 그 성격이 근본적으로 다르다.[109]

현실적으로는 패러디나 패스티쉬와 표절의 구별이 쉽지 않을 수 있다. 어떤 작가가 작품을 썼다고 생각해 보자. 그는 패러디를 했지만 기존의 문학적 관례대로 어떠한 출처 표시도 하지 않았다. 그런데 누군가 나타나 표절이라고 주장한다. 작가는 자신은 패러디를 했다고 주장한다. 이러한 논란이 일어나는 이유는 간단하다. 독자가 원래의 텍스트와 패러디를 대조한다는 것을 조건으로 패러디가 성립하는 것인데, 문제는 독자가 작가이 의도대로 원래의 텍스트와 대조를 한다는 보장이 없다는 것이다. 작가는 이솝우화

---

108) 최현영, 「표절 개념을 통해 본 대중음악 표절시비의 문제점」, 『낭만음악』 제51호, 낭만음악사, 2001, p.313.
109) 공종구, 앞의 논문, p.229.

를 패러디하려고 하였지만, 독자가 이솝우화를 읽지 않은 경우 패러디가 될 수 없게 된다. 따라서 패러디를 했다고 주장하는 사람은 반드시 출처표시를 해야만 한다. 별도의 경로를 통해서가 아니라 작품이 공개되는 모든 경로를 통해서 출처가 표시되어야 한다. 패러디나 패스티쉬의 예술성이나 그 허용 범위에 대헌 논란은 출처 표시를 전제로 해서만 용인되어야 한다.[110]

표절은 저작물이 보호되느냐와 관계없이 타인의 문학적 작품에 대하여 저작자임을 가장하는 것이다. 따라서 저작권의 보호를 받는 저작물을 표절하면 저작권을 침해하는 것이지만, 저작권의 보호기간이 경과된 저작물을 표절하면 도덕적 의미에서 표절일 수는 있지만, 법률적인 측면에서 저작권의 침해는 발생하지 않게 된다.[111]

저작권자의 허락 없이 저작물을 복제하는 경우 정당한 인용 등의 예외에 해당되지 아니하는 한 저작권을 침해하는 것이다.[112] 타인의 저작물과 완전히 동일하지 아니하는 경우 어느 정도까지 유사한 사본을 만들어야 침해로 되는지의 판단은 어려운 문제이다.[113]

대법원에 따르면 저작권의 보호대상은 표현이며, 실질적으로 유

---

110) 박형준, 「문학에서의 표절 시비에 관하여」, 『인물과 사상』 제50호, 인물과 사상사, 2002, p.178.
111) 이상규, 「표절과 그 패러다임에 관한 연구 – 어문저작물을 중심으로」, 연세대학교 대학원 석사학위논문, 1999, p.25.
112) 저작권법 제28조에 따르면 "공표된 저작물은 보도·비평·교육·연구 등을 위하여는 정당한 범위 안에서 공정한 관행에 합치되게 이를 인용할 수 있다."

사한가는 표현에 해당되는 독창적인 부분만을 가지고 대비해야
한다고 한다.[114]

　ⓛ 이 시의 표절 여부에 관한 검토

　이 시의 진문을 그대로 살펴보는 경우 NINANANA란 익명의
작가가 다른 시들의 구절을 인용하였다는 것을 밝히면서 한 편의
시를 작성하였다는 것을 알 수 있다. 이 시의 문학적 평가에 관해
서는 다른 여러 시들의 구절을 인용하지만, 작가 자신의 상상력을
발휘하여 자신의 시로 창조하고 있다는 견해와 이 작품이 단순히
익명작가의 치기어린 습작품에 불과하다는 견해로 나뉘어진다.
전자의 견해에 따르면 이 시는 문학 작품으로서의 독창성을 갖게
된다고 할 수 있다. 이 시를 습작품으로 평가하고 있는 후자의 견
해에 따른다 하더라도 한 개인이 출처를 명시하지 않고 타인의 창

---

113) 정상조, 「창작과 표절의 구별기준」, 『서울대학교 법학』 제44권 1호, 서울대학교 법학연
　　구소, 2003, p.112.
　　어디까지가 아이디어에 해당되고 어디에서부터 구체적 표현이라고 말할 수 있는지에 관
　　해서는 무한한 상상과 예술적인 창작이 중시되는 문예저작물에 해당되는지 아니면 객관
　　적인 사실이나 새로운 기능의 전달이 중시되는 사실저작물이나 기능저작물에 해당되는
　　지에 따라 달라질 수 있다. 과거의 역사적 사실을 소재로 창작된 역사소설은 사실저작물
　　과 유사하게 보호받는 표현의 범위가 제한될 것이다. 그러나 문예저작물은 사실저작물
　　과는 달리 작가의 창작적이고 예술적인 표현으로 구성되어 있으므로 저작권에 의해서
　　보호되는 표현의 범위가 넓게 인정될 수 있다. 예컨대 사냥을 소재도 한 소설이나 극본
　　등에 있어서 구체화된 이야기 줄거리나 등장인물의 성격과 상호관계 등은 저자가 독자
　　들에게 전달하려는 구체화되고 창작적인 표현의 하나로서 폭넓게 저작권의 보호를 받을
　　수 있다. 같은 논문, p.138.
114) 저작권의 보호대상은 아이디어가 아닌 표현에 해당하고 저작자의 독창성이 나타난 개인
　　적인 부분에 한하므로 저작권의 침해 여부를 가리기 위하여 두 저작물 사이에 실질적인
　　유사성이 있는가의 여부를 판단함에 있어서도 표현에 해당하고 독창적인 부분만을 가지
　　고 대비하여야 한다. 대법원 1993.6.8. 선고93다3073, 93다3080 판결.

작물을 베낌으로서 그 창작물을 마치 자신의 창작품인 양 속이려 하는 것이 표절이라고 한다면 이 시는 표절에 해당하지 않는다.

NINANANA가 다른 시들의 구절을 인용하였다는 것을 밝히지 아니하였다고 가정해보자. 이러한 가정이라면 이 시가 표절로 평가받을 것인가? 소설과는 달리 시는 길지 않은 구절들로 구성되어 있다. 시의 한 구절은 시인이 자신의 생각을 독창적으로 표현하는 구절이 될 수 있는 것이다. 앞에서 언급한 대법원 판결에 따르면 저작권의 보호 대상은 표현이며, 실질적으로 유사한가는 표현에 해당되는 독창적인 부분을 가지고 대비해야 한다고 한다. 따라서 독창적인 시의 구절을 인용하면서도 인용한 사실을 밝히지 아니하는 경우 표절로 평가받을 수 있다. 저작권의 보호를 받는 저작물을 표절한 경우라면 저작권을 침해하게 되어 법률적인 책임을 부담하게 된다.

표절과 창작을 구별하는 것은 현실적으로 매우 어려울 수 있다. 표절에 관련된 심도 깊은 연구가 필요한 것이다. 그러한 시도 중의 하나로서 익명의 작가가 가상 공간에서 다른 시들의 구절을 모방하여 완성한 한 편의 시를 소재로 사이버 시와 표절에 관한 문제를 검토하였다.

NINANANA란 익명의 작가가 다른 시들의 구절을 인용하였다는 것을 밝히면서 한 편의 시를 작성하였다. 시의 저자가 다른 시들의 구절을 인용하였다는 것을 밝혔기 때문에 이 시는 표절에 해당하지 않는다. 즉 NINANANA가 다른 시들의 구절을 인용하였다는 것을 밝히지 않았다면 표절로 평가받을 수 있다. 또한 이러한 문제는 저작권의 보호를 받는 저작물을 표절한 경우라면 저작권을 침해하게 되어 법률적인 책임을 부담하게 된다.

사이버 공간의 활용은 정보화 사회에 있어 삶뿐만 아니라 문학에 있어서도 다양함과 많은 새로움을 제공한다. 인터넷의 활발한 이용은 상호간의 소통과 참여하는 긍정적인 면이 있는 것은 분명하나 자유로움과 편리함은 타인의 작품에 대한 모방과 표절의 문제를 발생시킨다. 표절에 따른 저작권의 침해라는 문제는 문학의 도덕성의 차원을 넘어 앞으로도 도래할 위험성을 내포하고 있다는 점에서 고려해 보아야 할 일이다.

결론

제4장
결론

문학작품에 나타나는 공간을 분석하는 일은 문학에 구현된 작가
의 의식 세계뿐만 아니라 세계관을 알아볼 수 있는 하나의 지표이
다. 특히 시에 나타나는 시적 자아와 공간과의 관계는 공간에 대
한 인식의 의미가 작가의 세계관과 밀접한 관련이 있음을 뜻한다.
공간에 대한 철학적, 과학적, 문학적 개념은 학자와 시대에 따라
다양하게 제시되는데 이는 그만큼 공간에 대한 의미가 작품에 표
출되었을 때 중요한 의미를 차지함을 말한다. 따라서 본고에서는
한국 현대시의 공간 유형 분석을 통해 작품에 드러나는 공간의 의
미를 밝혀냄으로써 그 공간에 내재한 자아의 의식 세계를 규명하
고자 하였다.

우선 구체적으로 작품을 분석하기에 앞서 제2장에서는 기본적
인 공간의 이론과 공간과 자아 인식과의 관계를 살펴보고 현대시

에 나타나는 공간의 유형을 자연 공간, 사회적 현실 공간, 가상 공간과 독자 공간으로 분류하였다.

이를 토대로 이어지는 제3장에서는 한국현대시에 나타난 공간 인식을 근원적 존재 탐구로서의 자연 공간, 회귀와 일탈로서의 사회적 현실 공간, 자아 해체와 소통으로시의 가상 공간과 침여와 실험으로서의 독자 공간으로 그 공간 유형을 나누어 자아와 공간관의 관계를 살펴보았다.

우선 자연 공간으로서 설악산과 압해도와 목포 앞바다를 중심으로 이성선과 노향림의 시를 고찰하였다. 실재적 지명을 가진 자연 공간은 단순히 작품의 배경이나 장소로서가 아니라 구체적 체험이 담긴 공간으로써 시인의 정서나 의식 형성의 근원이 된다. 따라서 설악산은 이성선의 시세계를 밝혀 줄 중요한 장소이자 문학적 공간이다. 즉 이성선의 시에 있어서 산은 고요와 정적 속에 자신의 존재를 드러내고 성찰할 수 있는 공간이며 절제와 극기의 성찰 끝에 도달하고자 하는 초월의 세계다. 욕망과 욕심을 버리고자 했던 무욕의 장소이자 우주와의 조화와 화해를 통해 드디어 우주적 자아를 발견할 수 있는 공간이었다.

또한 바다 가까이에서 나고 자란 노향림에게 있어 바다와 섬의 익미는 남다르다. 이는 노향림에게 있어 정서의 가장 밑바탕이 됨과 아울러 내면의 정경을 묘사해내는 그의 시세계에서 근원이 되기 때문이다. 곧 황량한 바닷가와 외로운 섬 압해도의 기억 속에서 자신의 고독을 반영하는 내면의 풍경을 드러낸다. 즉 노향림의 기억 속에 존재하는 고향 앞바다와 압해도는 유년의 적막함과 아울리 죽음의 소식이 감도는 불길하고 쓸쓸한 공간이었다. 그러나 죽음을 인식하는 고독의 공간은 절망에 머무르지 않고 시원을 향한 그리움의 공간으로 표출된다.

다음으로는 자아의 일탈과 회귀의 사회적 인식 공간으로서 문태준과 기형도의 시를 중심으로 그 의미를 알아보았다. 인간에 있어서의 사회적 인식은 시대와의 관계에서 보다 면밀히 구체화되는 것도 사실이나 가장 근원적이고 원초적인 일차적 집단으로서의 가족과 관련된 사회적 공간이야말로 시적 자아의 의식 세계를 밝히는 근원이 된다. 문태준에 있어 기억은 과거의 공간과의 단절이 아니라 현재와 지속되어진 공간으로 끊임없이 자신을 낮추고 삶을 응시하게 한다. 어두워질 무렵 여러 사물들과 서로 교류되는 동시에 사람이나 사물이 공존하는 세계, 하나가 되는 세계를 바라보는 근원적 인식의 밑바탕을 이루는 공간으로 기억의 공간이 존재한다. 기형도의 작품 속에 나타나는 길은 시인의 어두운 내면의식을 상징적으로 드러내 준다. 기형도에게 있어 길은 유년의 상처와 고통을 간직한 자아의 상실의 공간이자 길거리에서 중얼거릴 수밖에 없는 어두운 단절의 공간이다. 따라서 길이라는 공간은 자아와 세계의 화해 지향이 불가능한 닫힌 공간이자 개별화되고 고립된 곳이다. 절망적이고 비극적인 현실 앞에서 인간은 가장 근원적인 세계로의 회귀를 꿈꾸게 마련이다. 그러나 기형도의 과거로의 회귀는 시적자아를 더욱 절망에 빠뜨릴 뿐이다. 기억 속의 유년으로의 회귀 역시 불가능함을 깨닫는다. 기형도는 어디로든 결코 도달할 수 없는 근원적 한계에 절망한다

　마지막으로 가상 공간 속에 드러나는 자아의 해체와 소통의 문제를 이원의 시와 참여와 실험으로서의 독자 공간을 통해 그 의미를 파악하고자 하였다. 1990년대 이후 급속이 사회적 현상이 된 디지털 매체의 보급은 문학에 있어서도 가상 공간과 현실의 문제를 문학에 드러나게 한다. 이원의 시에 등장하는 인간은 가상의 공간 안에서 배회한다. 사막으로 비유되는 가상 공간은 지금까지의 선형적인 시간이나 고정된 공간의 개념을 벗어나는 디지털 세계의 특성을 나타낸다. 또한 새로운 디지털 문화가 삶이 되어버린 세계에서 제기하는 존재에 물음은 이원은 해체된 몸을 통해 나타낸다. 이원이 바라본 세계는 부정적이고 비판적이다. 그 비판적 의식은 그동안 익숙해 왔던 기존의 세계와는 다른 디지털화된 시대에 대한 인간의 주체성에 대한 우려뿐만 아니라 나란 존재론에 대한 혼란을 야기한다. 하이퍼텍스트 문학 읽기는 다양한 방법과 해석이 가능한 새로운 읽기 방식이다. 이는 전통적인 권위를 누려 왔던 활자매체의 위기와도 무관하지 않으며 활자매체가 가지고 있던 종전의 특성들에서 '새로운 읽기'에 눈을 돌리지 않을 수 없는 시점에 다다랐음을 의미한다. 새로운 읽기 방식은 하이퍼텍스트의 특징이라 할 수 있는 비선형성, 다매체성, 상호작용의 특성이 문학에 그대로 적용되며 특히 비선형적이라 점에서 지금까지 익숙해 왔던 읽기의 방식이나 독자의 개념을 혁신시킨다. 즉 하이퍼텍스트 문학에서 독자의 역할과 참여는 매우 중요한 구실을 한다. 즉 사이버 공간에서는 종전의 방식의 독자 공간에서 탈피되어 새로운 참여와 실험의 공간을 제공한다. 이러한 하이퍼텍스트 문학은 문학교육 텍스트화의 활용으로도 가능하다. 사이버 스페이스라는 공간에서는 다양한 방식으로 시를 창조할 수 있지만, 표절의 의미에 관한 새로운 문제를 야기하기도 한다.

본고의 연구 목적은 문학 공간의 유형 분석을 통해 한국 현대시에 나타나는 공간 인식을 살펴보는 것이었다. 즉 이상에서 살펴보았듯이 작품 속에 나타나는 공간의 의미를 분석함으로써 공간과 자아와의 관계 규명을 통해 자아의 의식 세계를 밝혀 보고자 하였다. 문학 공간에 대한 연구가 앞으로 더욱 활발히 이루어지리라는 기대와 아울러 공간 유형의 분류에 따른 다른 많은 작품의 논의는 다음으로 미루는 것으로 이 연구를 마친다.

참고문헌

1. 기초자료

기형도, 『기형도 전집』, 문학과 지성사, 1999.

노향림, 『그리움이 없는 사람은 압해도를 보지 못하네』, 문학사상사, 1992.

______, 『후투티가 오지 않는 섬』, 창작과 비평사, 1998.

______, 『해에게선 깨진 종소리가 난다』, 창작과 비평사, 2005.

문태준, 『수런거리는 뒤란』, 창작과 비평사, 2000.

______, 『맨발』, 창작과 비평사, 2004.

______, 『가자미』, 문학과 지성사, 2006.

이성선, 『하늘문을 두드리며』, 전예원, 1977.

______, 『절정의 노래』, 창작과 비평사, 1991.

______, 『빈 산이 젖고 있다』, 미래사, 1991.

______, 『물방울 우주』, 황금북, 1996.

______, 『내 몸에 우주가 손을 얹었다』, 세계사, 2000.

______, 『산시』, 시와 시학사, 2003.

이　원,『그들이 지구를 지배했을 때』, 문학과 지성사, 1996.
______,『야후!의 강물에 천 개의 달이 뜬다』, 문학과 지성사, 2001.

2. 단행본

감태준,『이용악 시 연구』, 문학세계사, 1991.
강경희,『타자의 언어학』, 문학과 경계, 2006.
강내희,『문학의 힘, 문학의 가치』, 문학과학사, 2003.
곽광수,『바슐라르 연구』, 민음사, 1976.
김병익,「신세대와 새로운 삶의 양식, 그리고 문학」,『새로운 글쓰기와 문학의
　　　진정성』, 문학과 지성사, 1997.
김선학,『새벽꽃 향기 - 불가사의한 세계와 일상성이 만나는 자리』, 문학 사상,
　　　1989.
김성룡,『한국문학사상사1 중세의 문인과 글쓰기』, 이회, 2004.
김수복,『정신의 부드러운 힘 - 우리 시대의 표정과 상징』, 단국대출판부,
　　　1994.
______,『상징의 숲』, 청동거울, 1999.
김수복 편저,『한국문학공간과 문화콘텐츠』, 청동거울, 2005.
김수이,『풍경 속의 빈곳』, 문학동네, 2002.
김열규 외,『현대문학비평론학』, 연사, 1987.
김용정,『칸트철학 연구』, 유림사, 1978.
김운하,『137개의 미로카드』, 문학과 지성사, 2001.
김은자,『현대시의 공간과 구조』, 문학과 비평사, 1988.
김종태,『정지용 시의 공간과 죽음』, 월인, 2002.
김준오,『시론』, 문장사, 1982.
김중혁 외,『대중문학의 이해』, 예림기획, 2005.
김　현,『젊은시인들의 상상세계/말들의 풍경』, 김현 문학전집6, 문학과지성
　　　사, 1992.

김은자, 『현대시의 공간과 구조』, 문학비평사, 1988.

김현자, 『시와 상상력의 구조』, 문학과 지성사, 1982.

류현주, 『하이퍼텍스트문학』, 김영사, 2000.

박이문, 『현상학과 분석철학』, 일조각, 1985.

박성호, 『저작권법의 이론과 현실』, 현암사, 2006.

바태일, 『한국 근대시의 공간과 장소』, 소명출판, 1999.

______, 「1990년대 한국시의 공간과 그 전망」, 김수복 편저, 『한국문학공간과 문화콘텐츠』, 청동거울, 2005.

박호영, 『한국현대시인 논고』, 민지사, 1995.

송 욱, 『문학평전』, 일조각, 1969.

신상성 · 유한근 공저, 『한국문학의 공간구조』, 경운출판사, 1986.

신범순, 「사이버 시대 시의 유령적 초상과 창조적 고민의 소멸」, 이선이 편저, 『사이버문학론』, 월인, 2001.

신현락, 『한국현대시와 동양의 자연관』, 한국문화사, 1998.

안남일, 『기억과 공간의 소설현상학』, 나남, 2004.

엄경희, 「상자 속에 채집된 아이러니적 존재 - 기형도론」, 『행복한 시인의 사회』, 이화현대시 연구회, 소명출판, 2004.

연은순, 『문학의 숲으로 난 작은 길』, 한국문화사, 1997.

오세영, 『문학과 그 이해』, 국학 자료원, 2003.

______, 『문학연구 방법론』, 반도출판사, 1990.

우정권 편저, 『한국문학콘텐츠』, 청동거울, 2005.

유성호, 『한국시의 과잉과 결핍』, 역락, 2005.

유현주, 『하이퍼텍스트 - 디지털미학의 키워드』, 연세대학교 출판부, 2003.

이남호, 『문기계구시망야시』, 생각의나무, 2004.

이상호, 『디지털 문화시대를 이끄는 시적 상상력』, 아세아문화사, 2002.

______, 『자아추구의 시학』, 모아드림, 1999.

______, 『한국현대시의 의식분석연구』, 국학자료원, 1990.

이선이 편저, 『사이버문학론』, 월인, 2001.

이성선, 『나의 나무가 너의 나무에게 - 나의 詩世界』, 오상사, 1986

이소연,「디지털 시대 현대시의 새로운 길 찾기」, 김종회 편,『사이버 문화, 하이퍼텍스트 문학』, 국학자료원, 2005

이숭원,『초록의 시학을 위하여』, 청동거울, 2000.

______,『서정시의 힘과 아름다움』, 새미, 1997.

______,『근대시의 내면구조』, 새문사, 1988.

______,『현대시와 현실인식』, 한신문화사, 1990.

이승훈,『선과 기호학』, 한양대학교 출판부, 2005.

이어령,『공간의 기호학』, 민음사, 2000.

이용욱,『문학, 그 이상의 문학 - 사이버문학론에 대한 연대기적 보고서』, 역락, 2004.

이재선,『한국문학 주제론』, 서강대학교 출판부, 1978.

이종관,『사이버 문화와 예술의 유혹』, 문예출판사, 2003.

이진경,『근대적 시. 공간의 탄생』, 푸른숲, 2002.

장노현,『하이퍼텍스트 서사』, 예림기획, 2005.

정덕준,『고교에서의 문학교육은 어떻게 할 것인가』, 한림대학교 한림과학원, 2000.

조두영,『프로이드와 한국문학』, 일조각, 1999.

진순애,『아니무스를 위한 변명』, 새미, 2001.

차호일,『현장교육의 문학교육론』, 푸른사상, 2003.

최동호,『현대시의 정신사』, 열음사, 1985.

한국소설학회 편,『공간의 시학』, 예림기획, 2002.

한영옥,『한국현대시의 장』, 푸른사상, 2004.

______,『한국 현대시의 의식탐구』, 새미, 1999.

한원균,『한국문학 공간과 문화콘텐츠 - 문학공간과 그 이론적 모색』, 청동거울, 2005.

홍문표,『현대시학』, 양문각, 1987.

황현산,『말과 시간의 깊이』, 문학과 지성사, 2002.

모리스 블랑쇼, 박혜영 역,『문학의 공간』, 책 세상, 1990.

알리이다 아스만, 변학수 · 백설자 외 역,『기억의 공간』, 경북대학교출판부,

2003.

이노끼 마사후미, 한명수 역,『현대물리학입문』, 전파과학사, 1973.

조지 P. 랜도우, 이국현외 역,『하이퍼텍스트 2.0』, 문학과학사 , 2001.

하이데거, 김광진역,『하이데거의 시론과 산문』, 탐구당, 1979.

Gaston Bachelard, 김현 역,『몽상의 시학』, 홍성사, 1978.

Mark Poster, 이미옥 · 김준기 역,『제2미디어 시대』, 민음사, 1998.

Michael Heim, 여명숙 역,『가상현실의 철학적 의미』, 책 세상, 1997.

Mirceu Eliade, 정진홍 역,『우주의 역사』, 현대사상사, 1976.

Otto. F. Bollnow, 백승균 역,『삶의 철학』, 경문사, 1979.

R. R. Magliola, 최상규 역『문학과 현상학』, 대방출판사, 1986.

Sandra Kay Helsel 외, 노용덕 역,『가상현실과 사이버 공간』, 세종대학교 출판부, 1994.

Yi-Fu Tuan, 구동희 · 심승희 역,『공간과 장소』, 대윤, 2005.

3. 학위논문

강치영,「제주문학 속에 나타난 장소와 공간 연구」, 제주대학교 대학원 석사학위논문, 2002.

김선학,「한국현대시의 시적공간에 관한 연구」, 동국대학교 대학원 박사학위논문, 1989.

김양희,「매체의 변화에 따른 시 변화 양상 연구」, 한양대학교 대학원 박사학위논문, 2001.

김성옥,「[illegible] 여성의 시 공간을 중심으로」, 동덕여자대학교 대학원 박사학위논문, 2002.

김요한,「하이퍼텍스트 문학 연구 - 하이퍼텍스트의 구조적 특성과 새로운 문학의 가능성」, 한국외국어대학교 대학원 박사학위논문, 2003.

마윤희,「하이퍼텍스트 문학 저작 도구 분석 및 설계」, 이화여자대학교 대학원 석사학위논문, 2001.

문관규, 「기형도 시 연구」, 서울시립대학교 대학원 석사학위논문, 1997.

박진환, 「한국시의 공간구조 연구 - 1920년대와 1930년대 시를 중심으로」, 중앙대학교 대학원 박사학위 논문, 1989.

박태일, 「한국근대시의 공간현상학 적 연구」, 부산대학교 대학원 박사학위논문, 1991.

목선균, 「기형도 시의 이미지 분석—공간이미지를 중심으로」, 강원대학교 대학원 석사학위논문, 2002.

박상천, 「기형도 시에 나타난 실종의식연구」, 부산대학교 대학원 석사학위논문, 2001.

안상수, 「타이포그라피적 관점에서 본 이상 시에 대한 연구」, 한양대학교 대학원 박사학위논문, 1995.

엄경희, 「박목월시의 공간 의식 연구 - 길 이미지를 중심으로」, 이화여자대학교 대학원, 석사학위논문, 1989.

염창권, 「한국현대시의 공간구조와 교육적 적용방안 연구」, 한국교원대학교 대학원 박사학위논문, 1993.

오승희, 「현대시조의 공간연구」, 동아대학교 대학원 박사학위 논문, 1991.

오태환, 「한국 현대시사의 공간구조 분석」, 고려대학교 대학원, 석사학위 논문, 2000.

우선아, 「하이퍼텍스트의 문학적 가능성에 관한 연구」, 연세대학교 대학원 석사학위논문, 2005.

유지현, 「서정주 시의 공간 상상력 연구-화사집에서 질마재 신화까지」, 고려대학교 대학원 박사학위논문, 1997.

위준호, 「위리엄 깁슨의 뉴로맨서에 나타난 사이버펑크 문학 연구」, 연세대학교 대학원 석사학위논문, 2004.

이경옥, 「1990년대 여성시의 몸 담론 고찰」, 중앙대학교 대학원 석사학위논문, 2001.

이상규, 「표절과 그 패러다임에 관한 연구 - 어문저작물을 중심으로」, 연세대학교 대학원 석사학위논문, 1999.

이성우, 「디지털기술과 한국현대시」, 고려대학교 대학원 박사학위논문, 2005.

이어령, 「문학공간의 기호론적 연구」, 단국대학교 대학원 박사학위논문, 1986.

전경란, 「디지털 내러티브에 관한 연구 - 상호작용성과 서사성의 충돌과 타협」, 이화여자대학교 대학원 박사학위논문, 2002.

정덕자, 「이상 문학 연구 - 시간, 공간 및 물질의식을 중심으로」, 이화여자대학교 대학원 석사학위논문, 1982.

정신재, 「미당시의 공간의식」, 동국대학교 대학원, 석사학위논문, 1983.

정일균, 「사이버 공간에서의 구비문학적 소통체계와 그 교육적 활용 연구」, 건국대학교 대학원 석사학위논문, 2003.

정지영, 「하이퍼텍스트 구조의 레토릭적 패턴 - 설명형 담론과 서사형 담론의 비교 분석」, 연세대학교 대학원 박사학위논문, 1998.

최수웅, 「한국현대소설의 창작방법론 연구 - 공간의 서사화를 중심으로」, 단국대학교 대학원 박사학위논문, 2005.

최재모, 「하이퍼텍스트 소설 연구 - 『디지털 구보 2001』을 중심으로」, 한국교원대학교 대학원 석사학위논문, 2004.

4. 평론, 소논문

강내희, 「문화연구와 '문형학' - 문학의 새로운 이해」, 『한국언어문화』 26호, 한 언어문화학회, 2004.

강연호, 「이용악시의 공간연구」, 『현대문학이론연구』 23권, 현대문학이론학회, 2004.

강정구, 「새로운 권력의 형성과 주체의 대응」, 『고황논집』 24집, 경희대 대학원 원우회, 1999.

강진호, 「문인의 죽음과 문학의 운명—요절로 문학을 완성한 기형도와 김소진의 문학」, 『문예중앙』, 2003, 가을.

고명수, 「한국모더니즘 문학의 공간 체험 - 정지용과 김기림의 경우」, 『동국어문학』, 6집, 1994.

고미숙, 「근대 계몽기, 그 이중적 역설의 공간」, 『사회와 청학』 2집, 사회와철학 연구회, 2001.

공종구, 「패러디와 패스티쉬 그리고 표절 그 개념적 경계와 차이」, 『현대소설연구』 5권, 한국현대소설학회, 1996.

김경복, 「유배된 자의 존재 시학 – 기형도 시 풍경해부도」, 『문학과 비평』, 1991, 봄.

김교봉, 「사이버 소설의 대중문학적 성격」, 『한국학논집』 26집, 계명대 한국학연구소, 1999.

김두호, 「천경화연구」, 『일본학보』 11집, 한국일본학회, 1983.

김명석, 「하이퍼텍스트소설 『디지털 구보 2001』의 서사분석」, 『현대문학의 연구』 20집, 한국문학연구학회, 2003.

김미영, 「『디지털 구보 2001』을 통해본 하이퍼텍스트 소설의 가능성」, 『우리말 글』 33호, 2005.

김성곤, 「사이버 시대의 인문학」, 『지역학논집』 2, 숙명여대 지역학연구소, 1998.

김수복, 「문학공간답사를 활용한 문학교육방안 시안」, 『한국언어문화』 26, 한언어문화학회, 2004.

김수이, 「자연의 매트릭스와 현실의 사막– 자연의 매트릭스에 갇힌 서정시2 」, 『창작과 비평』 129호, 2005, 가을.

김승종, 「전통적 글쓰기와 디지털 시대의 글쓰기」, 『국어문학』 39집, 국어문학회, 2004.

김영옥, 「다니자키 준이치로(곡기윤일랑) 문학 연구 –『소년(少年)』의 동화적 서술과 시공간」, 『일본어문학』 21집, 한국일본어문학회, 2004.

김재국, 「과학소설의 사이버문학적 가능성 고찰」, 『우암논총』 18집, 청주대 대학원, 1997.

______, 「디지털복제시대의 사이버문학에 대한 일 고찰」, 『인문과학논집』 17집, 청주대 인문과학연구소, 1997.

김재홍, 「고단한 시대, 內省의 목소리들」, 『세계의 문학』, 1988. 여름

김종회, 「사이버 문학의 시대적 성격과 세계관」, 『한국문학논총』 32집, 한국문

학회, 2002.

______, 「새로운 문학의 길, 하이퍼텍스트 소설의 도전 - 『디지털 구보 2001』의 성격과 의의」, 『한국문화연구』 5집, 경희대 민속학연구소, 2002.

김태경, 「이주홍 사랑하는 악마의 시공간과 등장인물에 관한 연구」, 『유아교육논총』 11집, 부산유아교육학회, 2003.

나은진, 「사이버 공간 소설에 나타난 여성성과 남성성」, 『현대소설연구』 16권, 한국 현대소설학회, 2002.

나태주, 「아름다운 맞수 - 내가 만난 이성선」, 『시와 시학』, 1994, 여름호.

노 철, 「디지털 시대의 현대시 형태와 인식에 관한 연구」, 『국제어문』 23권, 국제 어문학회, 2001.

노희준, 「사이버 공간과 문학주체의 대응」, 『고황논집』 24집, 경희대 대학원 원우회, 1999.

노향림, 「바닷가의 삽화 - 꿈」, 『문학사상』, 2002.

______, 「젊은 날의 초상15」, 『시와 정신사』, 2006년 여름호.

______, 「새로운 화법과 긴장감」, 『시와 반시 98』, 통권 제26호.

류현주, 「디지털 스토리텔링 시대의 내러티브」, 『현대문학이론연구』 24집, 현대문학이론학회, 2005.

______, 「사이버 팬터지아」, 『한국언어문화』 22집, 한국언어문화학회, 2002.

문태준, 「공존과 내파와 일탈의 시학: 최근 주목받는 시집을 중심으로」, 『시작』, 2004, 겨울호.

박미령, 「시적 공간의 전통과 변이」, 『한국시학연구』 2집, 한국시학회, 1999.

박상천, 「매체의 변화와 문학의 변화」, 『사회이론』 19집, 한국사회이론학회, 2001.

박여범, 「인터넷을 활용한 문학 교육 연구(Ⅰ)」, 『한국문예비평연구』 10, 한국 현대문예비평학회, 2005.

박용찬, 「이용악 시의 공간적 특성연구」, 『어문학』 89집, 한국어문학회, 2005. 9.

박철화, 「집 없는 자의 찾기, 혹은 죽음 - 기형도론」, 『문학과 사회』, 1989 가을.

박현규, 「허난설헌 시작품의 표절 실체」, 『한국한시연구』 8권, 한국한시학회, 2000.

박형준, 「문학에서의 표절 시비에 관하여」, 『인물과 사상』 제50호, 인물과 사
        상사, 2002.

박혜영, 「문학과 공간:이론적 접근 1」, 『덕성여대논문집』 제25집, 덕성여자대
        학교, 1996.

박호영, 「깨어 있는 영혼과의 만남―이성선의 시 세계」, 『심상』, 1986, 3월호.

성석제, 「기형도, 삶의 공간과 추억에 대한 경멸, 사랑을 잃고 나는 쓰네」, 『기
        형 도 추모논집』, 솔, 1994.

손진은, 「문학교육과문화의수용문제」, 『새국어교육』 69호, 한국국어교육학회,
        2005.

신동흔, 「사이버세상과 고전문학의 길」, 국문학과 문화, 한국고전문학회,
        2001.

신범순, 「새로운 육체와 성」, 『현대시학』, 1992. 8.

신상성, 「디지털 문화와 사이버 문학의 새로운 긴장」, 『한국문예비평연구』 6,
        한국현대문예비평학회, 2000.

신은경, 「국어 시 · 공간 표현의 통시적 연구 – 간극개념어(間隙槪念語)를 중
        심으로」, 『어문논집 45』, 민족어문학회, 2002.

엄경희, 「시와 사람 – 풍경, 혹은 고통의 표정」, 『시와 사람』, 2002 여름.

오세영, 「현대문학의 본질과 공간화 지향」, 『문학사상』, 1986.

유희석, 「기형도와 1980년대」, 『창작과 비평』, 2003.

유성호, 「사이버문학의 양상과 그 대응」, 『한국문예비평연구』 3, 한국현대문예
        비평학회, 1998.

유지현, 「1950년대 전후 전통 지향시에 나타난 山의 시 · 공간 고찰」, 『어문논
        집』 45, 민족어문학회, 2002.

윤채근, 「소설가의 시간과 공간」, 『어문논집』 45, 민족어문학회, 2002.

이숭원, 「서정적 주체와 경계의 해체」, 『창작과 비평』, 2005. 봄호.

이재무 외, 「공존과 내파와 일탈의 시학」, 『시작』, 2004, 겨울호.

이성선, 「시 – 우주 – 삶이 하나로 가는 길」, 『시와 시학』, 1994, 가을호.

______, 「내 문학의 오늘과 내일」, 『시와 시학』, 1996, 봄호.

______, 「동양적 자연관」, 『시와 시학』, 1994, 여름호.

이형권, 「사이버공간과 문학의 존재방식」, 『문예시학』 10, 충남시문학회, 1999.

이혜원, 「디지털 시대와 시의 대응방식 – 이원의 시를 중심으로」, 『어문학』 86, 한국어문학회, 2004.

임태우, 「죽음을 마주보는 자의 언어 – 기형도론」, 『작가세계』, 1991.

징일구, 「시사적 공간론의 이론과 실제」, 『서강어문』 13집, 서강어문학회, 1997. 12.

전도현, 「자연 친화적 상상력과 구도의 정신」, 『시와 사람』, 2001, 봄호.

전문수, 「경남문학의 공간 시학-경남문인들의 시(시조)를 중심으로」, 『인문논집』 제8집, 창원대학교 인문과학연구소, 2001.

정상조, 「창작과 표절의 구별기준」, 『서울대학교 법학』 제44권 1호, 서울대학교 연구소, 2003.

정영길, 「현대소설의 해체현상에 대한 고찰 – 문학텍스트의 표절시비를 중심으로」, 『현대문학이론연구』 제3권, 현대문학이론학회, 1993

장창영, 「다매체 시대의 문학 교육론」, 『현대문학이론연구』 20권, 현대문학이론학회, 2003.

정형철, 「하이퍼텍스트픽션이란 무엇인가」, 이선이 편저, 『사이버문학론』, 월인, 2001.

______, 「디지털 문학의 텍스트성과 입체화 전략」, 『한국문학이론과 비평』 25, 한국 문학이론과 비평학회, 2004. 12.

______, 「방사상 수사와 디지털 텍스트 읽기 – '아햏햏'과 "언어의 새벽"의 소통구조를 중심으로」, 『한국언어문학』 51집, 한국언어문학회, 2003.

정효구, 「죽음이 살다간 자리 – 기형도 입속의 검은 잎」, 『작가세계』, 1995.

______, 「우주 공동체와 문학의 길」, 시와 시학사, 1994.

최동호, 「현대시사 서술방법과 방향」, 『어문논집』 31집, 민족어문학회, 1992.

______, 「현대시사의 연구 방향」, 『어문논집』 42집, 민족어문학회, 2000.

최동호 · 이성우, 「디지털 시대의 새로운 문학 환경과 글쓰기의 방법론 연구」, 『한국 시학 연구』 9호, 한국시학회, 2003.

______, 「팬포엠(FanPoem)의 가능성과 실제구현 – 하이퍼텍스트 시 쓰기 프

로그램과 시인 · 독자의 위상 변화를 중심으로」, 『어문논집』 51집, 민
　　족 어문학회, 2005.
최병우, 「컴퓨터 통신 문학」, 『문학과 논리』 6호, 태학사, 1996.
최창현, 「한국 현대시 존재탐구의 변모양상 – 김춘수, 박남수, 김종삼, 기형도,
　　최승호, 황지우, 유하, 함성호, 김언희 시의 탐구대상과 유형분석을 중
　　심으로」, 『어문논집』, 중앙어문학회, 2003.
최현영, 「표절 개념을 통해 본 대중음악 표절시비의 문제점」, 『낭만음악』 제51
　　호, 낭만음악사, 2001
한명희, 「김종삼 시의 공간 – 집 · 학교 · 병원에 대하여」, 『한국시학연구』,
　　2002.
한상수, 「책의 미래와 하이퍼텍스트 문학」, 『현대영어영문학』 47권 3호, 한국
　　현대 영어 영문학 학회, 2003.
＿＿＿, 「하이퍼텍스트 소설 – 문학의 새로운 가능성을 향하여」, 『현대영어영
　　문학』 46권 3호, 한국현대영어영문학회, 2002.
한명희, 「자연과 하나가 된 사람」, 『시와 시학』, 1994, 여름호.
＿＿＿, 「김종삼 시의 공간 – 집 · 학교 · 병원에 대하여」, 『한국 시학 연구』 6,
　　한국시 학회, 2002.
현길언, 「운명적 공간과 선택적공간」, 『한국언어문화』 18집, 국언어문화학,
　　2000.
홍성암, 「소설의 공간설정과 작가 의식」, 『현대소설연구』 5집, 한국현대소설학
　　회, 1996.
황현산, 「전망의 한 켠을 구성하는 두 여성 시인」, 『문화 예술지』 2, 1993.